KB021500

위드, 코로나

우리들의 코로나 시대 건너기

위드, 코로나

코로나

우리들의 코로나 시대 건너기

—

강인성 · 김가연 · 김지영 · 노소영 · 박선영
신진우 · 오정민 · 이재영 · 이희경
임후남 · 주미희 · 홍소희

생각을 담는 집

코로나와 함께 살아가는 사람들을 위하여

별일 아니겠지, 했던 코로나19 바이러스가 우리 사회를 완전 잠식했다. 학교를 가지 못하는 등 일상이 멈추고, 매일 뉴스에 촉각을 곤두세워야 하는 상황이 지속되고 있다.

그래도 우리는 계속 살아간다. 밥을 먹어야 하고, 공부를 하고, 일을 해야 한다. 책도 읽어야 하고, 산책도 해야 하고, 운동도 해야 한다. 다행인 것은 철저한 개인 위생, 마스크 착용, 모임 자제 등을 통해 어느 정도 예방이 가능하다는 점이다.

낯선 비대면 사회에서 어느새 우리는 화상 수업과 업무에 익숙해지고 있다. 코로나와 함께 살아가고 있는 것이다. 그런데 과연 우리는 코로나 이전과 변함없이 살아가고 있는 것일까. 코로나 이후 우리 삶이 달라진 것은 없을까.

『위드, 코로나』는 그렇게 시작됐다. 코로나와 함께 살아가는 보통 사람들은 어떻게 살아가고 있을까. 어떤 생각을 하고 있을까.

열렬한 연극 팬인 한 청년은 극장 대신 스트리밍으로 연극을 보면서 한편으로는 좋지만, 극장에서 배우들의 섬세한 몸짓을 그리워했다. 코로나 이후 제대한 청년은 군부대보다 일반 사회가 코로나에 대한 경각심이 부족하다고 말했다. 특히 그는 고수부지 등 야외에 사람들이 모이는 것을 보고 '사회적 거리 두기를 도피하는 듯하다'고 말했다.

코로나를 핑계로 친정엄마를 자주 찾아뵙지 못하는 중년의 딸은 코로나라는 합리적인 꼼수를 부리고 있는 자신을 발견하는가 하면, 아직도 종이 신문을 보면서 디지털 세상이 낯설었던 사람은 줌으로 이루어지는 각종 온라인 강의를 들으면서 비로소 새로운 세상을 만난다.

사회적 거리 두기로 '집콕' 생활을 할 때 가장 힘든 사람들은 아이들을 데리고 하루 종일 부대껴야 하는 젊은 엄마들. 하루 세끼 밥에 지친 한 엄마는 자전거를 타고 산책하면서 건강한 자연을 만나는가 하면, 일주일에 한 번 글쓰기 수업을 들으러 다니기도 하고, 아이들과 옛날 앨범을 보면서 추억놀이를 하기도 한다. 학교에 가고 싶다는 아이의 말을 듣고 아이가 훌쩍 자란 것을 깨닫기도 한다.

한 대학 교수는 비대면 수업을 통해 학생들과 소통하는 법을 배우고 깨달았으며, 고등학교 교사는 자신이 고등학교 시절 IMF를 겪고 단단해진 것처럼 요동치는 지금을 아이들이 잘 견디고 견고하게 자랄 것이라고 믿는다.

또 한 책방주인은 어차피 문을 닫아야 한다면 해보고 싶은 일을 다 해보고 문을 닫자 이것저것 일을 벌였는데 그것이 오히려 자신을 긍정의 에너지로 만들고 있다고 말했다. 시골책방을 하는 나 역시 시골 마당을 적극 활용, 마당 콘서트와 작가와의 만남을 진행하고 있다. 물론 조용한 책방에서 열심히 책을 읽으면서.

코로나와 함께 보통 사람들인 우리는 이렇게 일상을 살아내고 있다. 코로나가 비록 우리에게 많은 제약을 주지만, 오히려 코로나 '덕분에' 코로나 이전에 하지 않았던 것, 평소 해보고 싶었던 것을 시도함으로써 삶을 긍정적으로 바꾸고 있는 것이다. 혼자 있는 시간을 통해 자신을 더 들여다봄으로써 내가 진짜 원하는 것이 무엇인지를 깨닫고 그것을 실천하게 된 것이다. 뿐만 아니라 가족과 주변에 대한 생각의 깊이도 달라졌다.

코로나 이후 우리들 삶은 지금과는 달라질 것이다. 그러나 분명한 것은 이후의 삶은 오늘을 통과한 후라는 것이다. 코로나와 함께 지내는 지금이 더욱 중요한 이유다.

2020년 10월 코로나 시대를 살면서 임후남

차례
〰〰

서문

강인성 **나는 간절히 바란다** 10

김가연 **디지털 판타지** 20

김지영 **리듬을 타요, 코로나** 28

노소영 **합리적 꼼수** 40

박선영 **나는 자전거를 탄다** 52

신진우 **연결고리** 60

오정민 **브라보, 마이 라이프!** 74

이재영 하루의 시작과 끝은 마스크 84

이희경 탈출, 코로나 블루스 96

임후남 머리 질끈 동여매고 106

주미희 이게 다 코로나 때문이야! 114

홍소희 2020년 6월 26일, 날씨 맑음 127

(가나다 순)

나는 간절히 바란다

강인성

직장 다니며 글을 쓰는 글쟁이. 적당히 느긋하게,
적당히 열심히 살아가고 있다.

국립극단 <화전가> 중단 안내. 코로나바이러스감염증-19 관련 중앙재난안전대책본부의 강화된 사회적 거리 두기 조치(실내국 공립시설의 운영 중단/8월 19일 00시부터 적용)에 따라, 명동 예술극장에서 공연 중인 연극 <화전가>의 공연을 8월 19일(수) 부터 종연일인 8월 23일(일)까지 중단하게 되어 안내 말씀드 립니다.

또다. 애초에 3월에 공연 예정인 연극이었다. 3월에 취소되었을 때는 그러려니, 하는 마음이었다. 금방 좋아질 거라는 근거 없는 확신 덕분이었다. 하지만 근거 없는 확신은 계속되는 예매 취소에 점차 무너져갔다.

3월. 가장 기대했던 공연인 <파우스트>가 취소되었다. 4월. 티켓 오픈 소식에 한 치의 망설임도 없이 예매했던 <디즈니 오케스트라> 공연이 공연 일주일 전에 결국 취소되었다. 5월. 해외 초청공연이었던 <말괄량이 길들이기>와 <바냐 아저씨>가 너무도 당연하게 무기한 연기되었다. 그리고 마침내 6월 1월부터 예매했던 영국 국립극장 초청공연 <워홀스>가 취소되었을 때는 허망함조차 들지 않았다.

그렇게 되자 더 이상 공연을 볼 수 있을 거란 희망이 사라져 버렸다. 2019년 서울에 있으면서 매주 공연을 보러 다니던 그때가 아득하게 느껴졌다. 올초 용인으로 내려와서도 꼭 보름에 하나씩은 공연을 보러 가겠다는 결심은 그렇게 허망하게 무너졌다. 연극을 못 보는 삶은 생각한 적이 없었는데.

몇몇 극단들은 어떻게든 공연을 이어나갔다. 하지만 내 입장에서는 연극을 보러 갈 이유보다 보러 가지 않을 이유가 더 많아졌다.

연속되는 공연 취소의 피로감은 물론, 코로나라는 위험요소를 뚫고 보러 갈 만큼 날 움직이게 하는 공연은 없었다. 결국 마스크를 쓰는 것이 일상이 된 것처럼, 공연을 보러 다니지 않는 것 또한 나의 일상이 되어 갔다.

그러나 변화는 위기 속에서 온다. 팬데믹이라는 전에 없던 큰 위기 속에서 연극계는 변화를 도모하기 시작했다. 3월, 겪어본 적 없던 공연 취소로 충격에 빠져 있던 그때. 예술의전당에서 2017년에 했던 <인형의 집> 공연을 유튜브 스트리밍으로 보여준다는 소식을 들었다. 참으로 감격스러웠다.

나는 연극을 사랑한다. 무대라는 제한된 공간에서 끊임없이 변화하는 상상력이 좋다. 무대 위로 올라오는 순간부터 내려갈 때까지 멈추지 않고 서로 주고받는 배우들의 '진짜' 연기가 좋다. 연극이기에 담을 수 있는 움직임과 현학적인 대사들이 좋다. 나는 이런 연극의 매력을 많은 사람들이 알게 되기를 늘 바랐다.

하지만 대다수의 사람들이 연극을 가까이 하기에는

무대는 항상 멀리 있었다. 특히 주머니의 스마트폰만 꺼내면 유튜브에, 넷플릭스에 볼 게 넘쳐나는 세상이다. 대체 누가 디지털콘텐츠를 마다하고 비싸고 먼 무대를 찾아간단 말인가.

연극이 갖는 '오프라인 예술'이라는 절대적인 한계의 존재감은 점점 커질 수밖에 없다. 이미 소수만이 즐기는 예술인 연극은 진작에 위기를 맞이한 것이다.

변화가 절실한 시점. 그런 때에 팬데믹이 찾아왔다. 이젠 사람들이 극장을 찾지 않는 게 아니라 진짜로 못 찾게 되었다. 그리고 그 진짜 위기가 연극을 변화시켰다. 꾸역꾸역 자리를 채웠던 관객들마저 강제로 공연을 보러오지 못하게 되니, 연극의 입장에서 변화는 필수불가결적이었을 것이다.

2020년 3월 26일 오후 4시, 그런 연극의 변화에 화답하기 위해 스트리밍 시간에 맞춰 텔레비전으로 유튜브를 틀고 소파에 앉았다. 그날은 누나와 어머니도 소파에 앉혔다. 나는 언제나 우리 가족과 함께 연극을 보고 싶었다. 나의 지적인 취미를 함께 공유하고 싶었다.

하지만 문제는 시간.

사실 보통 사람이 연극을 보러 간다는 건 결코 쉬운 일이 아니다. 연극을 보려면 하루 반나절을 소비해야 한다는 걸 알기에, 좋은 연극이 있을 때마다 '같이 연극 보러 갈래?'라는 말이 목구멍까지 나왔다가 꿀꺽 삼킨 게 한두 번이 아니었다.

하지만 그날은 달랐다. 연극을 보기 위해 우리가 해야 할 일은 그저 시간에 맞춰 소파에 앉는 것뿐이었다. 나는 이 기회를 놓치고 싶지 않아 누나와 어머니에게 제안했다. 오후 네 시에 영화 한 편 보는 느낌으로 연극 한 편 보자고.

안 그래도 한가한 시간을 보내던 두 사람이 거절할 이유는 없었다. 역설적이게도 코로나가 가족끼리 연극을 볼 수 있는 기회를 준 것이다.

이날 본 연극 <인형의 집>은 사실주의 연극을 완전히 표현주의 스타일로 풀어낸 파격적인 공연이었다. 만약 2017년에 무대에서 봤다면 더욱 충격적이고 신선했을 듯했다.

하지만 아직 타임머신은 없는 세상이니 그런 가정이 무슨 의미가 있을까. 누나와 나는 연극을 본 후 저녁 내내 연극에 대한 이야기를 나누었다. 아이러니하게도 코로나가 우리에게 준 작은 선물이었다.

그 후 국립극단과 국립극장도 유튜브에 이전 공연 영상을 업로드했다. 물론 완전히 프리하게 업로드한 것은 아니고 시간을 정해서 업로드한 것이었지만, 계속해서 들리는 온라인 공연 상영 소식이 반갑고 고마웠다. 나는 이런 변화의 시도를 응원하기 위해 시간이 허락하는 대로 연극 영상을 보려 노력했다. 연극을 볼 수 있음에 감사했다. 코로나가 아니었다면 연극은 변화할 수 있었을까?

물론 나는 간절히 소망한다. 하루빨리 코로나가 종식되어 다시 아무렇지 않은 마음으로 극장을 찾아가는 그날이 오길. 화면이 아닌 온전한 두 눈과 귀로 무대를 볼 수 있길. 다시 무대와 배우와 희곡이 주는 감동을 객석에서 느끼고 벌떡 일어나 박수하는 그날이 오길.

하지만 그보다 더 바라는 게 있다. 더 많은 사람들이

연극을 보게 되길. 극장을 찾아가는 것이 부담스러운 사람들에게 다른 선택지가 생기는 날이 오길. 사람들이 고민 없이 소파에 앉아 연극을 즐길 수 있게 되길. 그래서 더 많은 사람들이 연극의 매력을 조금이라도 알 수 있게 되는 날이 오길. 그리고 코로나가 끝나면 극장을 찾는 사람들이 더 많아지길. 지금의 이 위기가 그 시발점이 될 수 있길. 나는 간절히 바란다.

나는 소망한다.

연극을 현장에서 볼 수 있는 날이 오길.

나는 소망한다. 사람들이 연극을 많이 보길.

나는 소망한다. 코로나가 끝나도

집에서 연극을 볼 수 있게 되길.

디지털 판타지

김가연

나 자신에게 관심 없이 살다가 아이를 낳고 나서야 나를 알고 싶어졌다.
읽고 쓰고 공부하며 나를 만나고,
사람들을 만나고, 세상을 만나고 싶다.

올해 안식년으로 휴직중인 내가 가장 많은 시간을 보내는 곳은 집이다. 집에서 대부분의 시간을 보내고 있는 건 우리 집에서 나뿐만이 아니다. 올해 8살이 된 아이는 코로나19로 인해 지금껏 학교에 간 횟수가 열 번이 채 되지 않는다.

아이가 너무나 기대하던 아이스 스케이트는 등록만 해두고 수업은 한 번도 받지 못했고, 일주일에 한 번 가는 미술 수업은 코로나 바이러스 확진자가 증가하면 바로 중단된다. 토요일마다 가던 풍물학교도, 성당 주일학교도 모두 문을 닫았다.

아직 혼자 있는 것이 싫고, 혼자 하는 게 서툰 아이는 온라인 수업을 할 때도, 선생님이 내준 학습꾸러미 숙제를 할 때도 "엄마~." 하고 불러 기어이 나를 옆에 앉힌다.

역할놀이 상대가 필요할 때도, 보드게임을 하고 싶을 때도, 혼자 놀기 심심할 때도 아이는 "엄마~." 하고 부른다. 대낮에 화장실을 갈 때도, 거실에서 놀다가 장난감을 가지러 방에 갈 때도 "엄마~." "엄마~, 무서워~, 일루 와~." 하며 꼭 같이 가자고 한다.

하루에도 수십 번은 듣는 "엄마~." 소리가 유독 곱게 들리지 않는 날은 "엄마 그만 좀 불러."라는 짜증 섞인 말이 가슴 밑바닥에서부터 터져 나온다.

아이 말고도 나를 찾는 것은 또 있다. 싱크대에 쌓여 있는 설거지거리, 세탁통에 쌓여 있는 빨랫감, 바닥에 어지럽게 널린 물건들, 어김없이 찾아오는 삼시 세끼.

매일 반복되고, 끝이 없는 집안일. 눈길 닿는 곳마다 나의 손길을 기다리고 있는 집안일은 수시로 힘에 벅

차다. 그럴 때마다 기분은 바닥으로 가라앉는다.

일부러 내 시간을 만들지 않으면 내 시간은 결코 저절로 주어지지 않는다. 그래서 하루 중 내가 하고 싶은 일들을 나의 일과에 꼭 끼워 넣으려 노력한다. 그렇게 만든 귀한 시간을 나를 위해 쓴다.

그 시간 동안 나는 주로 무언가를 읽고, 무언가를 적는다. 언제나 부족하게 느껴지는 시간이지만 이 시간에 충전된 힘으로 나머지 하루를 산다.

나를 위해 확보한 시간에 요즘 새롭게 추가한 활동이 있다. 바로 온라인 강의다. 코로나로 인해 '비대면'이 중요한 이슈가 되면서 예전에는 오프라인으로만 들을 수 있었던 강의들이 점차 온라인으로도 수강이 가능해지고 있다.

그동안에는 정말 듣고 싶었던 강의가 있어도 이런저런 이유로 포기하게 되는 경우가 많았다. 껌딱지처럼 붙어 있는 아이를 맡기고 가는 것이 여의치 않거나, 물리적 거리가 멀어 오고 가는 시간이 너무 많이 걸리거나, 대중교통을 이용하는 것이 불안하거나.

그런데 이제는 집에서 편하게 내가 원하는 강의를 들을 수 있게 된 것이다. 나는 줌으로 독서 모임도 하고 부모 교육, 디지털 교육 등을 받았다. 이것이 코로나로 인해 가능해진 것이라니, 참 아이러니하다.

코로나 때문에 못하게 된 것도 많지만, 새롭게 할 수 있게 된 것도 있으니 역시 모든 일이 좋기만 하거나 나쁘기만 한 건 아닌가 보다.

나는 '디지털보다 아날로그가 좋다'라고 생각한 사람이다. 지금은 많이 보편화된 전자책 한 번 읽어본 적 없고, 손쉽게 온갖 인터넷 뉴스를 볼 수 있는 시대에 종이신문을 구독하고 있다.

음악이나 영화도 인터넷 사이트나 휴대폰 어플리케이션을 통해 간편하게 듣고 볼 수 있지만 우리 집에 소장하고 있는 CD와 DVD가 수백 장이다.

나는 뭔가 손에 잡히는 실체가 있는 것이 좋았다. SNS도 하지 않고, 모임이나 강의도 직접 만나 대면하는 것이 진짜 만남이라고 생각하는 '옛날 사람'이었다. 그러던 내가 디지털 세상의 수혜를 입고 있는 것이다.

줌(Zoom) 앱을 통한 온라인 강의를 시작으로 만난 디지털 세상은 나에게 신세계였다. 디지털 세상에서 수많은 취미 활동도 할 수 있고, 배우고 싶은 기술도 웬만한 건 다 배울 수 있다. 디지털 세상은 아이디어만 있다면 오프라인 매장이나 자본금 없이도 온갖 비즈니스를 할 수 있는 거대한 세상이었다. '이 좋은 걸 이제 알았네. 나만 몰랐나?' 하는 생각이 들 정도였다.

몇 년 동안 배우고 싶었는데, 선뜻 신청하지 못했던 요리 수업도 온라인 강의를 개시했다는 소식을 듣고 바로 신청했다. 이 수업이 끝나면 다음에는 또 뭘 신청할까 행복한 고민을 한다.

나는 그동안 왜 무턱대고 디지털 세계를 멀리했을까? 익숙함에 젖어 새로운 것을 받아들이는 것을 번거롭고 어렵게만 생각한 건 아니었을까?

16년차 직장인인 나는 그동안 직장생활이 힘들게만 느껴졌었다. 나에게 직장은 지루하고 재미없는 곳이어서 그곳에서 벗어나고 싶기만 했다. 지금 생각해보니 직장이 문제가 아니라 새로운 것을 귀찮아하고 두려워

하는 나의 태도가 문제였던 것 같다. 역시 문제의 원인
과 해결책은 모두 내 안에 있었다.

'아이 엄마'와 '가정주부' 역할만으로 하루하루를 보
냈다면 지금쯤 코로나19와 함께 우울의 늪으로 빠져버
렸을 것이다.

다행히 우울함이 다가올 즈음 우연이자 필연으로 디
지털 세상에 발을 들였다. 그 세상은 지금 나에게 숨통
이 되어 주고, 생활의 활력과 재미를 가져다준다. 익숙
한 것을 넘어서니 다른 길로 연결되고, 새로운 세상이
열렸다.

이제 나는 적극적으로 새로운 것을 받아들이고, 배우
려 한다. 그래서 평생 배움을 즐기며, 새로움에 감동하
며, 재미나게 살고 싶다

리듬을 타요, 코로나

김지영

내가 본질적으로 욕망하는 것을 찾고
이를 추구하는 것에 열심인 81년생 김지영이다.
다른 이의 '본질적 욕망 찾기'에도 많은 관심을 갖고 지지해주는
'구루'가 되고자 한다.

*구루 : 힌두교 등에서 말하는 정신적 스승이나 지도자.

2020년 1월 코로나19라는 이름도 생소한 감염병이 우리의 일상을 갉아먹기 시작했다. 다른 사람들처럼 나 역시 처음에는 한두 달만 조심하면 지나갈 줄 알았다.

그러나 코로나19는 우리와 함께 산다. '비포 코로나', '애프터 코로나'라는 신조어가 등장했고, '위드 코로나', 코로나와 함께 이리저리 흔들리며 떠돌고 있다.

이제 팩트다. 더 이상 이를 부인할 수도 피해갈 수도 없다. 미세먼지처럼 코로나19도 나의 이웃이 되었다. 가까이 할 수 없고 거리를 둬야만 하는 이웃이 자꾸 늘

어난다. '코로나 때문에'. 하루에 열 번도 더 입에 올리는 말이다.

어느 날 밤 자려고 누웠는데 일곱 살 둘째가 소리 죽여 흐느껴 운다.

"민재야, 왜 울어? 어디 아파? 뭐가 슬퍼? 뭐가 속상해?"

"유치원. 유치원 가고 싶어. 으앙."

급기야 엉엉 울음보가 터진다. 나의 마음도 미어터진다. 어느 날 오후 간식을 먹이고 잠깐 책을 보려고 앉았는데 아홉 살 첫째가 발을 동동거리며 불안한 눈길로 나를 쳐다본다.

"민호야, 쉬 마려워? 어디 불편해?"

"엄마, 나 발이 이상해. 발이 너무 답답해. 발을 어떻게 해도 너무 답답해!"

아이는 작은 몸뚱이를 어찌하지 못하고 배배 비틀며 운다. 내 속도 비틀어진다. 코로나19가 심각해 일주일에 3번 가는 축구교실에 가지 못한 지 보름쯤 되었을 때 나타난 아이의 반응이다.

뭔가를 하고 싶고, 어딘가를 가고 싶은 아이들에게 내가 해줄 수 있는 최고이자 최선의 답은 코로나 때문에, 코로나가 심해서가 되어 버렸다. 정말 코로나 때문일까? 나 때문이고, 너 때문이고, 우리 모두 때문이야. 이 답이 더 근사하지 않을까?

2019년 3월, 나는 14년차 교사직을 그만두고 작은 동네책방을 열었다. 내가 할 수 있는 것과 할 수 없는 것을 따져가며 적당히 행동했고, 내가 하고 싶은 것과 하기 싫은 것을 들여다보며 적절히 조율했다.

그러나 교사를 그만두고도 여전히 나는 내 자신과 사회가 만들어 둔 틀에서 허우적댔다.

책방지기의 삶은 교사 생활을 할 때보다 자유로웠지만 잘해야 한다는 강박은 여전했다. 그렇게 책방을 연지 10개월이 지났을 즈음 코로나19가 발병했다. 두 달간 책방을 닫았고, 다시 열었을 때도 손님들은 냉담했다.

'책방을 계속할 수 있을까? 내가 책방지기의 자격이

있나?'

날로 고민과 스트레스가 더했다.

친하게 지내는 다른 책방 대표와 고민을 나눴다.

"코로나도 그렇고, 어차피 그만둘 거라면 책방을 하면서 하고 싶었던 것 다 해보고 그만둬도 되지 않을까요?"

이 말에 정신이 번쩍 들었다. TBWA KOREA 크리에이티브 박웅현 대표의 『여덟 단어』, 서강대학교 철학과 최진석 명예교수의 『인간이 그리는 무늬』라는 책에서 말하는 '본질'이란 단어가 떠올랐다.

'그래, 나는 여전히 나의 본질적 욕망에 충실하지 못했어. 내가 책방을 하면서 하고 싶었던 것, 책방이기에 할 수 있는 것, 내 책방에서 나만이 할 수 있는 고유의 것을 찾고 그걸 해 보자. 그걸 다 해 보고도 아니면 또 다른 길을 가자.'

나는 진짜로 달라지기 시작했다. 나는 과감히 행동하기 시작했다. 나는 저절로 내 욕망대로 움직이고 있었다.

카카오톡 대화명을 '본질적 욕망 덩어리'로 바꿨다.

줄에 묶였던 진주가 터져 나오듯 '책방주인의 버킷 리스트'를 구현했다.

얼마 안 가 주변 사람들은 나의 변화를 알아챘다. 진짜로, 과감히 살아나가는 나의 행보에 주목했다.

나는 코로나19라고 움츠려 있고만 싶지 않았다. 최대한 안전을 확보하면서 나만의 코로나 리듬을 탔다. 내가 가지고 있는 유형과 무형의 자원을 코로나19에 맞게 최대한 활용했다.

우리 집은 책방에서 차로 3분 정도 걸린다. 작은 마당이 있는 단독주택이다. 마당에 모닥불을 피워 놓고 책방 손님들과 둘러앉아 책 이야기며 사는 이야기를 도란도란 나누고, 하룻밤 묵어 가는 북스테이를 제일 먼저 실행했다.

그리고 적은 인원만 수용할 수 있는 작은 책방을 '소규모 비밀 공간'으로 대여했다. 매일 책 속 좋은 글귀를 SNS에 올리고 이를 사진으로 찍어 온라인 채팅방에 10여 명의 사람들과 공유하는 '건강한 리듬 만들기(달구백)' 프로젝트를 진행했다.

이 건강한 리듬을 통해 나의 일상이 반짝반짝 빛나기 시작했다. 이전의 코로나19에 잠식된 일상은 되는 대로의 생활이었다. 자고 싶을 때 자고, 먹고 싶을 때 먹었다. 치우고 싶을 때 치우고, 씻고 싶을 때 씻었다.

그러나 끝날 듯 끝나지 않는 코로나 방학은 건강한 리듬을 필요로 했다. 직장과 학교라는 거대하고 막강한 사회적 리듬이 무너지자 개인의 진정한 리듬이 삶을 건강하게 지탱할 수 있게 해주었던 것이다.

어떻게 리듬을 만들면 좋을까? 나는 나에게 꼭 맞고, 가족과 화합하는 리듬을 내 몸에 익히고 싶었다. 매일 좋은 글귀를 인증하면서 나는 내가 '매일 꾸준히 조금씩 무언가를 오래도록 하는 것을 잘하고 좋아한다는 것'을 알게 되었다.

다섯 살부터 열 살 무렵까지 아버지는 내게 바둑 공책에 매일 100개의 다른 한자를 쓰고 외게 하셨다. 막힘없이 술술 외지 못하거나 한 자라도 틀리면 호되게 혼났다. 안 쓰고 넘어간다는 것은 있을 수도 없는 일이었다. 물론 이것은 강압적이고 비자발적인 리듬이었다. 지치고 어린 마음에 아빠가 없어졌으면 좋겠다고 생각했었다.

책을 읽다 보면 저자 또는 주인공이 하루 단위나 일주일 단위로 돌아가는 규칙적인 생활 습관을 보일 때가 있다. 나는 그 모습이 멋있어 보였고 존경스러웠다. 나의 부모님 또한 그러하셨고, 내게도 그 DNA가 심어져 있다. 그러나 그 DNA는 나를 강박으로 이끌었다.

나는 생각을 뒤집었다. 강박적인 생활로 이끌어 나를 소진시켰다고 원망하던 이 DNA를 '건강한 리듬 DNA'로 끌어올렸다.

이제 접목해본다. '건강 리듬 DNA'와 '코로나19'와 '나의 일상'을. 내가 좋아하고 잘할 수 있는 것들을 적어본다. 나의 일상에 그것들을 하고 싶은 시간에 맞춰 순서대로 나열한다. 코로나19니까 할 수 없는 것이 아니라 '코로나19니까 이렇게 할 수 있는 것'에 초점을 맞춘다.

이렇게 하니 일상에 건강한 리듬이 생겼다. 이 상황이 힘들기보다 신바람이 났고, 뜻이 맞는 사람들이 그

신바람을 알아봐 주었다. 함께하자며 내민 나의 손을 맞잡아 주었다. 상처받을 일도 잊을 만하면 일어났지만 회복력 또한 빨라졌다.

소진된 심신은 건강해지고 있다. 살아있다고 느낀다. 귀인을 알아보는 안목도 생겼다. 나의 안목을 존중하고, 나의 능력과 실력을 신뢰한다. 나는 심지어 내가 아주 괜찮은 사람이라고 생각한다. 코로나19는 이제 함께 가는 이웃이자 변덕이 심한 귀인이다.

심하면 심한 대로, 약하면 약한 대로 코로나19를 나의 일상에 녹여 리듬을 타니 건강하고 행복하다. 나는 아침 7시, 하루는 논어 한 꼭지, 하루는 도덕경 한 장을 번갈아 필사하고 내 생각을 쓰는('하논하도' 프로젝트) 시간이 가장 행복하다.

고전의 깊은 뜻을 헤아리고 나를 들여다보는 그 시간이 몹시 귀하고 설레고 포근하다. 장자 오빠와 맹자 오빠도 나를 기다리고 있다. 2년 이상 지속될 프로젝트이기에 나는 적어도 2년 이상 행복하게 리듬을 탈 것이다. 그때까지 코로나19가 곁에 있다고 해도 괜찮다.

나는 매일이 '코로나 덕분에' 참 괜찮다.

이 리듬에 발맞춰 책방지기인 나는 '하논하도' 프로
젝트에 이어 '하루하퉤' 프로젝트를 시작했다. '하루하
퉤'는 하루에 한 편의 '막 글'을 써서 내 머릿속, 마음
속 상념들을 토해내는 것이다. 이 또한 온라인 상에서
뜻이 맞는 사람들과 함께한다.

줄리아 카메론의 『새로운 시작을 위한 아티스트 웨
이』라는 책에서 영감과 아이디어를 얻었다. '하논하도'
프로젝트도 역시 책을 통해서다. 스무 살 김범주 작가
의 『나는 공부 대신 논어를 읽었다』라는 책에 흠뻑 빠
져 신들린 것처럼 기획했다.

'하논하도'가 정갈한 리듬을 만들어준다면 '하루하
퉤'는 분출의 리듬을 만들어준다. 꾸준한 글쓰기가 갖
는 배출의 힘이 새로운 시작을 이끌어주리라 믿는다.

나는 또 하나의 꿈을 꾼다. 또 하나의 버킷리스트가
꿈틀거린다. 『퉤퉤퉤』. 책 제목부터 지어본다. '하논하
도'의 글들, '하루하퉤'의 글들, 책방 블로그와 인스타

에 쏟아냈던 글들이 담길 것이다.

『퉤퉤퉤』가 언제 세상 빛을 볼지는 알 수 없지만 '퉤퉤퉤' 하는 것만으로도, 그 상상만으로도 생기가 나는 것은 뚜렷하다.

학교를 그만두었고, 온몸을 검진하였고, 책방을 열었고, 상담 치료를 받았고, 코로나19를 지내고 있다.

매일 온라인에서 사람들과 글로 마음을 나누고, 때론 오프라인에서 사람들을 만나 수다를 떨며 산다. 내 말을 더 많이 하는 때도 있고, 그들의 말을 더 들어주는 때도 있다. 이렇게 매일 나만의 리듬을 타며 호기롭게 살아내고 싶다. 나의 생기와 호기로 힘든 시간을 보내는 이들의 리듬 만들기에도 긍정적 지지를 보내고 싶다.

합리적인 꼼수

노소영

하늘, 비, 음악, 흔들리는 나뭇잎을 좋아하는
몽상가이자 평화주의자다.
인생 2막은 느긋하고 잔잔하게, 바람처럼 살고 싶다.

도심 한복판, 신호 대기 중 바라본 횡단보도.

마침 점심시간이어서 이쪽에서 저쪽으로, 저쪽에서
이쪽으로 사람들이 무리지어 움직이고 있었다. 근위병
도 아니고 이건 뭐지. 얼굴의 반을 하얗게 또는 검게
가린 군중의 행렬에 묘한 기분이 들었다.

어쩌면 저들은 먹는 장소에 가야만 마스크를 벗은
온전한 얼굴로 서로를 마주할 것이다. 말이 없어도 눈
가의 웃음이나 입가의 미소만으로 상대의 마음을 읽을
수 있는 날이 언제쯤이나 올 수 있을지. 아니 오기나

할지.

오늘따라 장마가 걷힌 하늘은 높고 청명하기만 하다. 하늘과 지상이 너무도 대조적이어서, 내가 발을 딛고 서 있는 이 땅이 점점 손댈 수 없이 잘못되어 가고 있는 것 같아서 마음이 위축된다.

홍콩 독감과 신종플루 이후 세 번째로 팬데믹 선언의 역사를 기록하게 된 코로나19. 세계 각국은 엄청난 경제적 손실을 감수하고 빗장을 걸어 잠가 인적 물적 교류를 금지했다. 불안과 공포심은 극에 달했고 일상화된 비대면 문화는 '사회적 거리 두기'라는 신조어를 탄생시켰다.

자리 나기 무섭게 세가 나간다는 대로변 상점 유리창에는 임대 문구가 붙었다. 사람에 떠밀려 북적거리던 거리는 보도 블럭 사이로 비집고 올라온 잡초가 눈에 띄게 늘었을 정도로 한산해졌다. 기업들은 줄어든 일감에 직원들의 휴가 또는 휴업을 논하고, 샐러리맨들은 줄어들 급여에 한숨을 쉬며 그나마 일터가 사라질까 두려워한다.

하지만 이런 시국이 누군가에게는 기회가 되기도 할 것이다. 코로나 사태 초기에는 마스크와 세정제의 품귀현상은 물론이고 생활용품을 파는 다이소에서는 분무기가 동이 났었으니 말이다.

그런데 사람들과의 관계는 어떤가. 심지어 엘리베이터 버튼은 손가락을 대신해 면봉으로 누르기도 한다. 이쯤 되고 보니 사람과 사람 사이의 가벼운 스침이나 잔기침에도 화들짝 놀라고 인상을 쓰며 경계를 하게 된다.

로봇이 인간을 정복해가고 있다 함에 씁쓸하지만 로봇 또한 인간이 만들어야 함에 위로가 되었었다. 그러나 바이러스의 대재앙 앞에서는 속수무책으로 굴복을 하고 마는 꼴이 되고 말았다. 앞으로 또 다른 재앙이 닥치지 않을 거라는 보장이 없음에 더욱 불안하다.

초등학교에 입학은 했으나 온라인 수업으로 정상적인 등교를 하지 않자 나는 언제 여덟 살이 되는 것이냐고 묻는다는 후배의 아들. 출근 한 번 해보지 못하고 해고통지를 받았다는 아들 친구. 무엇보다 점점 막막

해지는 취업 준비의 날들을 보내고 있는 아들은 안쓰럽고 혹여 기가 죽을까 말 한마디도 조심스럽기만 하다. 이 불운의 시대를 살아가는 젊은이들에게 희망의 문은 언제쯤 활짝 열릴지.

확진자가 증가했습니다, 감소했습니다, 확진자 수가 세 자리 수입니다, 두 자리 수입니다, 이번주가 최대 고비입니다…….

귀 기울이던 각종 매체의 뉴스마저도 제대로 된 정보인지 의심하는 사람들까지 생겼다. 뫼비우스의 띠처럼 되풀이되는 뉴스에 서서히 둔감해지고 원래 그렇게 살아왔다는 듯 마스크와 함께 봄, 여름을 지나 어느새 가을을 맞고 있다.

이 세상을 살아가는 모든 이들이 방향을 잃고 헤매는 느낌이다. 진정 코로나 이전의 평범한 일상으로 다시는 돌아갈 수 없을까. 생각하면 슬퍼지고 우울감이 고조된다.

퇴근 시간. 엘리베이터를 타고 문이 닫히는 순간, 마스크를 쓰지 않은 것을 알아차렸다. 1층까지 내려가는 동안 제발 다른 이들이 타지 않기를 바라며 옷소매로 코와 입을 막고 고개를 푹 떨군다. 후다닥 뛰어 차에 올라타 참았던 숨을 크게 쉰다. 습관이 되어야 하는데 벌써 몇 번째인지 모른다. 이 아줌마야 정신 좀 차리고 살자.

시동을 거는 순간 친정엄마에게서 전화가 왔다. 며칠 전 전화기 너머로 들려오던 자동차 소리에 별 중요한 일도 아닌데 이 시국에 왜 돌아다니냐며 짜증을 냈었다.

사실 그날 시댁 일과 회사 일로 심사가 뒤틀려 있었던 터라 하필이면 엄마가 화풀이 대상이 되고 만 것이다. 바쁘게 사는 딸을 배려해 전화마저도 자제했던 엄마. 며칠 내가 전화를 하지 않자 엄마가 전화를 한 것이었다. 엄마는 내 안부도 안부지만 무엇보다 딸들과 마주앉아 동네 카페에서 두런두런 수다를 떨던 시간들이 그리웠을 터이다.

밥 먹었으면 됐지, 비싼 커피 마시지 말고 그냥 집으로 가자면서도 엄마는 막상 카페에 들어서면 즐거워하셨다. 때마침 친구로부터 전화라도 오면 애들하고 분위기 잡고 커피 마시고 있다며 자랑을 하는 80을 바라보는 나이에도 소녀 같은 우리 엄마.

자주 가는 카페 근처 저수지 벤치에 앉아 지겹도록 들었던 엄마의 과거사. 어쩌면 그렇게 녹음기 틀어놓은 것처럼 토씨 하나 안 틀리고 같은 말을 반복할 수 있냐는 딸들의 핀잔에도 엄마는 꿋꿋하게 이야기 보따리를 풀어놓곤 했다.

술 많이 마시는 너희들 아빠하고 살며 속 꽤나 썩었다 하면서도 엄마는 좋았던 추억만 떠올렸다. 아빠는 천사 같은 사람이었다며 시대를 잘못 타고 태어났다는 말로 늘 마무리를 짓던 엄마의 이야기.

"에이, 잘못했어. 그때 그냥, 그렇게 좋아하는 술 원 없이 먹게 안주나 제대로 해줄 걸."

"내가 술을 마셔 보니 알겠더라. 너희들 아빠가 왜 그렇게 술을 마셨는지. 술을 마시니 기분이 좋아져."

당신 남편이 세상을 뜬 후 그렇게 원망했던 그 술을, 엄마는 한 잔 두 잔 쓸쓸함을 달래려고 입안에 털어놓곤 한다.

푸른 하늘과 청량한 공기, 머리카락을 살짝 헝클어놓는 바람, 저수지 물가에 드리워진 나무 그림자. 딸들에게 둘러싸인 엄마는, 나이 들어가는 지금의 삶이 제일 좋다며 환하게 웃곤 하셨다.

그때마다 엄마의 패인 주름 사이로 그리움이 묻어났다. 나는 그런 엄마를 보며 나도 엄마처럼만 늙었으면 좋겠다는 생각을 하곤 했었다. 아, 코로나는 이렇게 소중한 시간을 빼앗아 가고 있구나. 순간 무언가로 머리를 한 대 맞은 듯했다.

요양병원에 입원시켜놓은 친정아버지의 병문안을 가볼 수가 없다며 울먹거리던 선배가 생각났다. 나도 친정엄마를 만난 지 두 달이 넘었다. 면역력 약하니 집에 꼼짝 말고 있어라, 가급적 사람들과의 만남도 자제하라고 누누이 말하면서.

내 삶의 부담으로 코로나 때문에라는 합리적인 꼼수를 부리며 친정엄마와의 만남을 미뤘다는 생각이 들었다. 그러고 보니 편치 않은 만남은 코로나를 핑계로 적당히 미루거나 취소하고 있었다는 것을 깨달았다.

손을 맞잡음으로 전달되는 체온과 상대방 낯빛을 통해 전달되는 따스한 마음을 헤아릴 수 있는 날은 언제가 될까. 치료제가 나온다 한들 공기 중에 보호 장막이 입혀지는 것은 아닐 것이므로 여전히 마스크를 쓰고 살아갈 가능성이 많을 것이다. 생각만으로도 숨이 턱턱 막힌다.

각박한 세상을 살아가면서도 좋은 사람들을 만나 그들로부터 좋은 에너지를 받고 마음을 치유할 수 있었는데 이젠 그런 즐거움마저 버리고 살아야 한다는 것이 더욱 우울하다.

어떤 부모는 설 명절 다니러 올 아들 내외가 고생할까 노심초사, 영하의 칼바람을 맞아가며 수북하게 쌓인 눈을 마을 어귀까지 치워 놓으셨단다. 그런데 그날, 그 아들 내외는 부모님을 찾지 않았다. 그 이야기를 들으며 먹먹했던 기억이 문득 떠오른다.

머지않아 추석이다. 부모님은 자식들을, 자식들은 부

모님을 적절한 배려의 말로 대신하며 만남을 미룰 것이다. 일 년 중 반을 기다려왔을 그리운 자식을 향한 부모님의 그 마음은 진심일까?

직장을 다니며 혼자 생활하고 있는 딸아이는 동거 가족 외에 사람들의 만남을 가급적 자제하라는 회사의 지침을 철저히 따르고 있다. 나도 친정엄마에게 쌀쌀맞지만 내 딸도 참 쌀쌀맞다 싶다.

마음이 착잡하다. 살아가는 동안 그리운 이들의 얼굴을 몇 번이나 보며 살 수 있을까.

코로나가 그 시간을 더욱 앗아가고 있다.

바쁜 딸을 배려해 전화 거는 것을 자제했던 엄마.

그러고 보니 엄마를 만나 밥을 먹고,

차를 마셨던 날이 벌써 두 달이 넘었다.

코로나를 핑계로 어쩌면 나는

꼼수를 부리고 있던 것은 아니었을까.

나는 자전거를 탄다

박선영

나이를 거꾸로 먹고 싶은 공상가. 도시에서만 살다가 아이들을
시골에서 키우고 싶어 6년 전 무작정 시골로 내려왔다.
코로나19 상황을 함께 겪으며 두 아이, 남편, 집냥이와 동지 의식을 갖게 됐다.

우리 집에는 텔레비전이 없다. 나는 유행하는 예능 프로그램이나 국민 드라마로 뜨고 있다는 드라마도 제때 챙겨 보지 않는다. 그래서 예능 이야기를 할 때면 항상 두어 발짝씩 느리다. 그럭저럭 맞춰가는 면도 있다. 바로 최신 가요 부분이다.

나는 작년까지 집 근처 주민자치센터의 3년차 에어로빅 강의 수강생이었다. 최고령 80세인 왕언니와 손주들을 돌봐주고 있는 큰언니들을 모신 '어린 동생'이었다. 에어로빅 선생님은 외모는 물론, 음악 감각이 20

대 못지않았는데 새로운 노래가 나오면 바로 안무를 짜서 가르쳐줬다.

선생님은 BTS, 마마무, 블랙핑크 같은 아이돌 노래들로 폭넓은 나이대의 수강생들을 모두 이끌었다. '슈퍼 에너지 전파자'였던 셈이다. 새 안무를 배울 때마다 나도 흥이 나서 아이들에게도 그 곡들을 찾아 들려주곤 했다. 차 안에서도, 집에서도 틀어놓다 보니 어느새 다 같이 함께 흥얼거리곤 했다.

2019년 겨울, 뉴스에 코로나19 이야기가 심심찮게 나왔지만 에어로빅 수강생들은 평소처럼 유산슬의 '사랑의 재개발'과 마마무의 '힙(HIP)' 노래로 땀을 흘렸다. 그렇게 코로나19는 남 일 같았다.

2020년 2월 뉴스에서 국내 코로나 확진자가 급증했다고 했다. 주민자치센터 강의는 중단되었다. 아이들의 3월 개학도 미뤄졌다. 나는 방학이 연장된 것 같다며 한숨 지었고 아이들은 기뻐했다.

내가 사는 시골 동네는 집들이 띄엄띄엄 떨어져 있고 인구 밀집도가 낮다. 아이들은 집밖에서 삼삼오오

모여 놀았다.

그러나 나는 삼시 세끼 밥 차리느라 점점 지쳐가고 있었다. 하루종일 아이들 옆에서 감정을 쓰는 게 쉬운 일은 아니다. 아이들이 학교에 간 시간 동안 보장받았던 내 공간, 내 시간 들이 사라지고 나는 사소한 것에도 감동하거나 서운하게 느낄 때가 많아졌다. 점점 유리멘탈 인간이 되고 있었다.

때로는 내가 구내식당 요리사라도 된 기분이 들기도 했다. 아이들은 매끼 식사 메뉴가 무엇인지 확인했다. 아이들이 "엄마! 오늘 점심 뭐야?"라고 말하는 것이, "아줌마! 오늘 메뉴 뭐예요?"라고 들리기까지 했다. 아이들은 심지어 메뉴가 별로 마음에 들지 않으면 변경을 하거나 취사 선택할 권리를 행사하기도 했다. 이럴 땐 이웃집 언니 말이 머릿속에 맴돌았다.

"우리 가족은 코로나 끝나면 매끼 외식하기로 했어!"

그래, 코로나만 끝나 봐라. 나도 매끼 외식해야지.

예상치 못하게 변하는 상황들 때문에 미리 계획을

세운다는 것이 무의미해졌다. 그때그때 계획 없이 사는 것에 익숙해졌고, 변화하는 일상에 대해 임기응변이 늘었다.

나는 큰일을 앞두고 마음의 준비를 할 시간이 필요한 사람이었다. 그런데 이제는 흘러가는 대로 마음을 맡길 때가 많아졌다. 그만큼 나도 자랐다. 그리고 지난봄, 난 자전거를 샀다.

내가 구내식당같이 느껴질 때, 여행 가지 못해 답답할 때, 사회적 거리 두기 만큼 마음의 거리 두기도 한 것 같아 괜히 아무나에게 서운할 때, 나는 자전거를 타고 시골 논두렁길을 무작정 달렸다. 기어를 최고치로 넣고 부지런히 밟아 숨도 최고치로 끌어올렸다. 바쁘게 쉬는 날숨만큼 마음속의 잡념도 함께 내뱉어졌다.

집에서 출발해 1, 2분 달리다 보면 논두렁이 나온다. 논두렁 자투리땅에는 이런저런 작물이 심겨 있는데 하나하나 살피는 재미가 쏠쏠했다. 농부들은 노는 땅 없이 부지런히 심고 가꾸었다. 길가에는 고구마, 깻잎, 대파, 콩 들이 심겨져 있었다. 내가 아는 것들이 나오면

반가웠다. 뿐만 아니라 피마자(아주까리)와 익모초 같은 모르는 것들을 알아가는 재미가 쏠쏠했다.

나의 일상은 코로나로 멈춰진 것 같았는데 식물은 코로나와 무관했다. 들길을 달리며 그런 생명들과 마주하고 나면 나도 뭔가를 시작할 힘을 얻었다. 그런 날은 밀린 집안일도 더 꼼꼼히 하고, 저녁 식사도 공이 많이 들어가는 음식으로 차려냈다.

8월 초, 무서운 폭우가 내렸고 내가 사는 동네는 특별재난지역이 되었다. 비가 그친 후 논두렁길을 달리다 보니 개울가 작물들이 일제히 한 방향으로 쓰러져 있었다. 논의 벼들도 마찬가지였다. 얼마나 많은 비가 쏟아졌는지 알 수 있었다. 개울가 비닐하우스에 사는 사람들도 있는데, 그들은 폭우가 내리는 날 얼마나 애가 많이 탔을까.

그러나 얼마 후 비는 또 내렸고, 태풍도 왔다 갔다. 사람들은 논둑을 정비하고, 쓰러진 벼들을 일으켜 세웠다. 그 모습들을 보니 내가 코로나 때문에 세끼 밥 차리기 힘들다고, 밖에 못 나가서 답답하다고 생각했던 것들이 농부들에게는 별 것 아닌 것 같다는 생각이 들었다.

그들에게는 폭우와 태풍이라는 더 큰 시름이 있었다. 그들은 묵묵히 잡초를 베고 피마자 열매를 깠다. 곧 평소처럼 들깨를 털 것이고 추수를 할 것이다. 그들의 부지런한 모습들을 보며 나는 에너지를 느꼈다. 자전거를 타지 않았다면 느끼지 못했을 감정이다.

코로나 때문에 자전거를 샀고, 덕분에 에너지를 '전파' 받았다. 자전거를 타고 달리다 보면 기쁘고 행복한 이유다.

그러나 이 상황이 현재진행형으로 머무르진 않았으면 좋겠다. 지나고 나면 생각나는 것, 그때 그 순간의 추억으로만 남겨지면 좋겠다. 코로나 상황을 사는 오늘이 하루 빨리 한 장의 사진처럼 지난날을 회상할 수 있는 '과거형'으로 지나갔으면 좋겠다.

연결고리

신진우

나는 '창의유발 트레이너'다. 내가 만든 직업명이다. 창의유발 트레이너는
타인의 내면에 잠재된 창의력을 발견하도록 돕는다.
'창의 재능'을 만들어갈 수 있도록 훈련한다.
나는 누구에게나 있는 감정을 상상력의 재료로 삼아
창작 활동하는 것을 좋아한다.

나는 대학교 디자인학부에서 강의를 한다. 1학년 강의로 '컬러커뮤니케이션' 과목을 맡았다. 이 수업에서는 색채 이론을 암기식으로 가르치기보다, 개인의 감정을 상상력의 재료로 삼아 컬러로 표현하는 법을 깨닫게 한다.

감정에는 무수히 많은 경험이 담겨 있다. 다양한 경험은 창의적인 학습 소재로 활용하기 좋다. 기쁨, 슬픔, 분노, 두려움, 기대, 놀람, 신뢰, 혐오 등의 감정에 자신의 경험을 대입시켜 감정별로 분류하고, 단어를 상상

하며 머릿속에 생각을 그린다. 그리고 원하는 색을 입힌다. 이렇게 하면 한 작품이 완성된다.

감정으로 표현된 작품에는 그 학생만의 향기, 소리, 맛, 형태와 같은 삶의 흔적들이 고스란히 담긴다. 감정의 다양한 결을 만나게 된다. 그러면서 학생들은 자신만의 표현력과 마주하게 된다. 나는 강의를 통해 내면 인식을 돕고 타인에 대한 공감 능력도 높이도록 돕는다. 한 학기 동안 이렇게 창의력 훈련을 한다.

코로나로 감염자가 늘면서 초·중·고등학교에 이어 대학교까지 비대면 수업으로 전환되었다. 학생들은 집에서 온라인 강의로 각자 과제를 하면서, 각자 실습 능력을 향상시킨다.

비대면 수업을 앞두고 무엇보다 대학이 처음인 1학년 신입생들이 당황스러워할 모습이 그려졌다. 입학식도 못한 학생들은 아직 어떤 걸 배우는지 감도 못 잡았을 텐데 말이다.

나도 한 번도 해본 적 없는 비대면 강의 방식으로 머릿속에 위기 경고가 울렸다. 강의 데이터를 올려야 한다는 생각에 마음이 급해졌다. 누구도, 무엇도 탓할 틈이 없었다.

온라인 강의를 해결할 프로그램을 찾고 배움에 사활을 걸었다. 즉시 익히고, 즉시 적용하는 즉각적인 배움의 자세가 필요했다. 나보다 더 당황스럽고, 걱정스럽고, 불안하고, 답답할 학생들에 대한 예의였다. 그리고 녹화 강의로 인해 강의가 기록으로 남으니 더욱 신경 쓰였다.

어느새 온라인 강의가 익숙해졌다. 나는 내 방에서 강의 준비를 위해 녹화 버튼을 누른다. 허공에 말을 뱉는다. 말이 공기 중에 사라진다. 모니터에 내 얼굴이 보인다. 벌써 이렇게 강의한 지 반 년이 넘었다.

문득 지난 해 3월, 1학년 학생들과의 첫 만남이 떠올랐다.

강의실 문을 열고 강단까지 걷는다. 내딛는 발걸음에 맞춰 학생들의 눈동자도 함께 걷는다. 강단 앞에 서서 학생들을 바라본다. 처음 만남으로 교실 안은 설렘과 긴장감으로 가득 메워져 있다. 우린 아직 모르는 사이다. 인사로 그 정적을 깬다.

"안녕하세요. 컬러커뮤니케이션 강의를 맡은 신진우입니다."

"……."

학생들은 아무 말이 없다. 그저 내 얼굴을 물끄러미 바라보는 것으로 대신한다.

"오늘 입학식 이후 첫 강의지요?"

드디어 학생들이 한목소리를 낸다.

"네에."

"학생들끼리도 아직 잘 모르겠네요."

두리번거리며 서로의 얼굴을 둘러본다. 그리고 두 번째 목소리를 낸다.

"네에."

각자의 목소리가 공기 중에 섞인다. 적막감이 차츰 걷어진다.

출석을 부른다. 대답하며 미소 짓는 아이도, 무표정한 아이도, 부끄러워하는 아이도, 손을 번쩍 드는 아이도, 우렁차게 대답하는 아이도, 밝은 염색을 한 아이도,

진한 화장을 한 아이도, 그렇게 각자의 소리를 낸다.

우리는 그렇게 아는 사이가 되었다. 한 공간에서 그렇게 서로가 연결된다. 학생들이 그립다. 목소리도 듣고 싶다.

나는 방에 혼자 앉아 계속해서 강의 녹화를 이어간다. 학생들에게 강의가 어떤 높낮이로 닿을지 그려본다. 어떤 울림으로 학생들 마음을 사로잡아 과제에 대한 동기를 부여하게 될지 생각한다. 녹화된 강의를 반복해서 듣고 편집한다. 강의를 업로드한다.

강의 날이 되면 학생들은 학교 시스템에 접속한다. 강의를 재생시킨다. 강의 시간이 종료되면 자동으로 출석 처리가 된다. 과제물을 숙지하고 과제를 한다. 업로드한다.

나는 제출한 과제를 본다. 그리고 출석부에 있는 학생들의 사진들을 훑어본다. 한 명 한 명 뚫어져라 한참을 본다. 과제 구석구석을 살펴보며 과제를 하느라 걸렸을 시간과 정성을 예상해본다. 과제물 여기저기에서 학생을 알아가려 애쓴다.

학교 시스템은 기계적이다. 일방적이다. 교수자와 학생의 일대일 관계 맺음만 가능하다. 같은 반 학생들끼리 사회적 소통이 단절된다. 소속감을 느낄 수 없다. 우리가 함께하고 있다는 유대감을 형성할 수 있는 공간이 절실했다.

나는 인터넷 가상 공간에 교실을 만들었다. 교과 명으로 카페를 개설하고, 게시판에 학생들 이름을 적어 각자의 방을 만들었다.

각자 집에서 같은 강의를 듣고, 같은 주제로 된 과제를 한 학생들은 가상 공간인 카페에 과제를 제출한다. 차츰 작품이 모이고, 학생들의 작품이 공유된다. 혼자가 아닌 함께여서 지속의 힘이 생긴다. 서로 자극이 되기도 한다. 자료를 공유하며 학생들은 자연스럽게 각자의 다름과 다양성을 인정한다. 나는 과제 게시물에 댓글로 피드백을 준다. 학생들과 댓글을 주고받는다.

슬픔이란 감정에서 죽음을 떠올렸습니다. 죽음은 현생과의

단절이기 때문에 이것을 더 극대화하기 위해 얼굴 모양의 인공물을 잘린 모습으로 표현했습니다.

뒤에 연출된 관의 내부 모습과 옆의 가시들은 죽고 나서 생에 미련을 보이는 인간에게 '이제 죽은 자가 갈 수 있는 곳은 저 관 속이다.'라는 걸 방향감으로 표현했습니다.

기쁨의 감정은 노래로 이미지화, 두 사람이 마주하고 춤을 추는 듯한 느낌을 살려서 묘사했습니다. 선과 점의 반복으로 율동감, 리듬감을 극대화했습니다. 하늘 위로 올라간 듯한 느낌을 색으로 나타냈습니다.

한 학생이 제출한 '감정을 형상화하여 자신만의 이야기로 표현하라'는 과제 내용이다.

슬픔이란 감정에서는 '죽음'을, 기쁨이란 감정에서는 '노래'를 떠올린 학생처럼 다른 학생들도 저마다의 경험에서 나온 특정한 단어를 썼다. 감정을 시각화하여 그들만의 고유한 의미로 탄생시킨 것이다.

디자이너는 생각을 이미지화하고, 그것을 시각화하는 사람이다. 따라서 자신만의 창의력을 끄집어내야 한다. 이런 수업은 디자인에서 가장 기초적인 사고법이다. 스스로를 이해하고 디자인으로 소통하는 법을 배우는 것이다.

기쁨, 슬픔 모두 인상적인 작품에 박수를 보냅니다. 슬픔이란 감정을 죽음이란 구체적인 묘사와 배색으로 등골을 오싹하게 하고, 기쁨의 감정은 노래를 이미지화, 선과 면을 이용하여 덩실덩실 춤을 추는 동작으로 잘 표현했습니다. 기쁨의 춤, 슬픔의 죽음 등 각각 상반된 표현력이 놀랍습니다. 직접 봤다면 폭풍 칭찬했을 거예요. 고민 많았을 텐데 수고 많았습니다. 건강하게 지내다가 봅시다.

나는 학생 각각의 작품에 댓글을 달았다. 학생들도 그에 댓글로 답했다.

조형 언어 이미지화 과제가 너무 저를 행복하게 합니다. 표현하고자 한 것이 잘 느껴진 것 같아서 다행스럽습니다. 제 표현을 알아주셔서 너무 뿌듯했습니다. 다른 학생들의 작품을

보면서 똑같은 감정에서 저마다 다른 작품이 탄생하는 것이
재밌었습니다. 실습은 제가 좋은 디자이너로 나아갈 수 있는
다리와 같습니다.

비대면 수업에서도 이런 관계 맺음으로 학습이 진행
된다. 온라인에서도 학생들과의 소통으로 강의가 바른
방향으로 가는지 알 수 있다.

작품에 대한 나의 피드백과 관심 어린 응원 댓글은
학생들에게 힘을 준다. 학생들은 부족하다고 느꼈던
부분을 열정으로 매워간다. 그리고 자신의 가능성을
믿는다. 비대면 강의에서도 이렇게 우리는 연결되고
성장하고 있다.

강의가 무르익어 갈 때쯤 각각 자신을 대표하는 색
을 정하고 이유를 설명하라는 과제를 냈다. 한 학생은
다음과 같은 과제를 제출했다.

저는 연두색입니다. 밝고 활기차고 늘 새롭게 성장하고 있는
제 자신이 연두색과 가장 잘 어울린다고 생각합니다.

그리고 초록의 안락감과 노랑의 행복이 어우러진 연두색은

안락한 행복을 표현합니다. 평소에도 저는 연두색이 저를 대

표하는 색이라고 생각합니다.

같은 색도 자신의 가치관을 넣어 표현함에 따라 색의 느낌이 달라진다. 이 학생은 자신을 연두색으로 표현했다. 비록 이 학생을 보지는 못했지만 그동안의 과제나 자신을 연두색으로 표현한 것으로 보아 이 학생이 어떤 학생인지 짐작할 수 있었다.

학기말, 학생들은 과정별 실습 결과물을 모아 포트폴리오로 제출했다. 학생들의 표현력에 거침이 없다. 마치 창의력에 날개를 단 듯하다.

학기가 끝났다. 그리고 나의 한 학기에 대한 결과를 학생들의 강의 평가로 가늠할 수 있다.

학교 시스템에 접속한다. 마우스에 손을 올린다. 두근거리는 마음으로 평가 버튼을 클릭한다. 다행히 대면 강의 때보다 더 높은 점수를 받았다. 안도의 한숨을 내쉰다.

학생이 작성한 강의 소감을 본다.

과제로 감정을 이미지화했을 때 너무 즐거웠고, 정말 오랜만에 제가 원하는 그림을 그리고 있다는 점에 너무 행복했습니다. 제가 남들보다 느리고 더딘 줄 알았지만, 교수님의 친절한 피드백과 눈높이 교육으로 자신감을 얻고 강의에 더욱 열심히 참여할 수 있었습니다. 교수님을 뵌 적이 없지만 좋은 디자이너로 성장할 수 있는 조건을 가장 효과적으로 배울 수 있는 시간이었습니다. 한 학기 동안 감사했습니다.

비대면 강의로 알게 된 것이 있다. 비대면 강의에서는 대면 강의 때보다 더 튼튼한 연결고리를 만들어야 한다는 것이다. 연결은 동기 부여와 같은 내적 자극제가 되기 때문이다.

또 비대면 강의에서는 강의 내용과 학생들과의 커뮤니케이션이 고스란히 기록으로 남는다는 것이다. 강의뿐만 아니라 데이터가 축적된다. 따라서 장단점을 고려해 강의 질을 높일 수 있다.

코로나는 사람들을 가상공간에 모이게 했다. 가상공간을 활용하는 출발점이 모두 같아졌다. 그 안에서 사람들은 각자 이정표를 만든다. 즉각 배우고 반응할 수 있는 사고의 변화가 필요한 때인 것이다.

　오늘도 나는 가상공간에서 활동한다. 관계를 맺는다. 그 안에서 사람들과 연결된다. 가상공간이 사람들과의 연결 고리가 된다. 이렇게 팬데믹 시대를 살아낸다.

브라보, 마이 라이프!

오정민

어느 날, 나를 보기 시작했다. 나를 쓰기 시작했다.
그리고 나를 발견했다.

"엄마, 결혼식 때 뽀뽀했었어?"

"글쎄. 뽀뽀는 안 했던 것 같은데. 근데 엄마 결혼식 때 축가가 참 색달랐어."

시댁에 가야금을 연주하는 조카가 있다. 그 조카가 친구들을 데리고 와서 국악을 연주해주기로 했다. 신랑은 그 조카가 창을 하는 친구하고 같이 온다고 말해주었다. 결혼식에 가야금? 창? 선뜻 상상도 안 되는 조합이었다.

결혼식은 컨베이어 벨트 돌아가듯 순서에 맞게 딱

딱 진행되었다. 양가 어머니의 화촉점화를 시작으로 주례, 양가 부모님께 인사를 지나 축가 차례가 되었다. '둥 다닥 닥닥' 장구 가락이 울려 퍼졌다. 창을 하는 특유의 허스키하면서 목청껏 질러대는 큰소리가 눈을 번쩍 뜨이게 했다.

"재무는 좋겠네. 장가가서."

신랑 이름이었다. 잘못 들었나 싶었다.

"정민이는 좋겠네. 시집가서."

내 이름이 들렸다. 놀라기도 했고 웃음이 났다. 가사 내용은 생각나지 않지만 신랑과 신부 이름이 결혼식장에 쩌렁쩌렁 울렸다. 후렴구에서 여러 차례 '좋겠네. 좋겠네.'를 연신 불러줬다. 에둘러 말하지 않고 직설적으로 우리의 결혼을 축복해주던 그 창은 마음에 쏙 박혔다.

올해 1학년이 된 정우는 엄마 아빠의 결혼 이야기를 궁금해한다. 결혼식에 대해 말을 하는 김에 결혼식 앨범을 꺼내왔다.

"수민이 언니가 이렇게 작았었네. 정우야, 주현이 형

좀 봐. 정말 애기다."

지금은 중학생이 된 조카들의 어릴 때 모습은 너무 귀여웠다. 아이들은 이 사람은 누구인지, 엄마 친구는 누구인지, 여자들은 왜 한복을 입고 있는지 물었다.

아이들은 폐백 사진을 보면서 아빠가 왕 옷 입었다고도 하고, 할머니가 대추와 밤을 던지는 걸 보고 뭐하는 거냐고 물었다.

결혼식 때 뽀뽀하는 사진도 있었다. 우리가 뽀뽀를 했었구나.

정우는 초등학교에 입학하고 서진이는 3학년이 되었지만 코로나19로 인해 학교에 거의 가지 않는다. 1학기 후반기에는 일주일에 한 번은 등교했지만, 2학기 시작하고부터는 전면 온라인 수업이다.

사회적 거리 두기 2.5단계가 되자 미술학원도 휴원이다. 인라인스케이트를 타러 트랙이 있는 체육공원에 갔는데 폐쇄되어 있었다.

외식도 쉽지 않아 삼시 세끼 집에서 먹는다. 내내 집

에 있는 시간이 많아지고 아이들은 말이 더 많아졌다. 나에게도 하루종일 이것저것 물어본다.

"엄마는 어떤 가수 좋아했었어?"

"엄마 어릴 때는 학교 문방구에서 뭐 사 먹었어?"

"엄마, 아빠가 엄마한테 프러포즈는 했어?"

아이들의 질문에 난 시간을 거슬러 갔다.

난 가수 중에 god를 좋아했다. "어머니는 자장면이 싫다고 하셨어. 어머니는 자장면이 싫다고 하셨어~." 나는 god의 '어머님께' 노래를 불렀다. 아이들은 우습다고 한다. 자장면을 싫다고 말할 수밖에 없는 엄마의 슬픈 사랑을 함께 느끼기엔 무리다.

god 노래 가사는 참 좋다. '촛불 하나' 라는 노래에서는 '지치고 힘들 땐 내게 기대. 언제나 네 곁에 서 있을게.'라고 한다. 마음이 따뜻해지고 힘이 났다.

'길'이란 노래도 많이 불렀다. '나는 왜 이 길에 서 있나. 이게 정말 나의 길인가'를 외치며 나의 길을 찾으려 했었다.

나는 아이들에게 아빠가 조금은 윤계상을 닮아서 좋

왔다고 말했다. 아이들은 아니라고 난리다. 눈 씻고 잘 보면 분명 닮은 구석이 있다. 내 눈엔 그렇다.

시간을 더 거슬러 내가 초등학교 다닐 때 이야기도 했다. 오빠와 같이 하교할 때가 더러 있었다. 그럴 때면 학교 앞 포장마차처럼 생긴 분식점에 갔었다. 거기 대표 메뉴는 핫도그와 '두꺼비'였다.

두꺼비는 빵가루 없이 반죽을 페스추리처럼 여러 겹 감싸서 튀겨주는 것이었다. 핫도그는 설탕을 묻혀 달았고, 두꺼비는 짭조름했다. 그 집에 갈 때마다 무엇을 먹을까 고민했다. 그것은 짜장, 짬뽕만큼이나 고민되는 선택이었다.

'쫀디기', '띠기', '아폴로' 등 문구점 불량식품이 연이어 떠올랐다. 지금은 '달고나'라고 불리는 것이 내 어릴 적 동네에서는 띠기라 불렸다.

띠기를 한 번 해볼까. 국자에 설탕을 녹였다. 가스레인지에 하고 있건만 마음으로는 연탄불 위에서 하는 거나 다름이 없었다. 그 옆에서 문구점 아줌마가 마가린을 묻혀 쫀디기도 눌러 구워줬었지.

집에만 있게 하고 모든 것을 멈추게 한 코로나19 속에서 나는 아이들과 지난 시간을 여행한다. 내가 어릴 적 살았던 한옥에 대한 이야기도 들려준다.

변소가 밖에 있었다. 연탄을 땠다. 정우는 초가집에도 살아봤냐고 묻는다. 정우야, 내가 그렇게 늙진 않았단다. 똥통에 빠져 봤냐고도 묻는다. 정우야, 생각만으로도 끔찍하구나.

정우에게 드라마 속에서 '결혼해줄래?'라고 묻는 프러포즈는 사실 거짓말이라고 했다. 실은 상견례도 다 하고 결혼 약속도 한 후에 다들 프러포즈하는 거라고 말했다.

내친 김에 프러포즈 사진을 찾아보았다. 신혼집에 헬륨 풍선을 가득 띄우고, 꽃과 초로 장식을 하고 프러포즈 현수막을 매달아 둔 사진을 찾았다. 날짜가 5월 14일이었다. 거짓말 같은 현실이었다. 5월 16일이 결혼식이었는데 이틀 전에 프러포즈를 하다니. '나랑 결혼해줄래?' 현수막은 왜 붙였나.

정우가 텔레비전에서 들었다며 '브라보'가 무슨 뜻

인지 물었다. 응원하는 말이라고 대답하면서 나는 밴드 봄여름가을겨울이 불렀던 브라보, 하는 노래가 생각났다.

"하이, 빅스비*! 봄여름가을겨울의 브라보 마이 라이프 노래 틀어줘."

'브라보, 브라보, 마이 라이프 나의 인생아'가 온 집에 울려 퍼진다. 흥이 난다. 힘이 난다. 중독성 있는 후렴구를 아이들도 어느새 따라 부른다. '브라보' 응원을 받아 멈춰 있는 지금의 시간을 우리는 살아내고 있다.

*빅스비 : 삼성전자가 개발한 음성인식 플랫폼.

브라보 브라보

마이 라이프

나의 인생아

지금껏 달려온 너의 용기를 위해.

브라보 브라보

마이 라이프

나의 인생아

찬란한 우리의 미래를 위해.

봄여름가을겨울의 '브라보 마이 라이프' 중에서

하루의 시작과 끝은 마스크

이제영

글을 쓴다는 것, 천천히 주위를 둘러보며 걷는다는 것.
아직 모든 게 하고 싶은 20대. 꿈이 많아 고민이 많다.
내가 가진 달란트를 엮어서 꿈이 아닌 현실로 바꾸고 싶다.

2019년 12월, 코로나19 바이러스는 중국 우한을 시작으로 모든 나라로 전파됐다. 남녀노소 할 것 없이 모든 공간, 모든 사회로 퍼져 2020년 9월 지금까지도 코로나 시대를 이어 가고 있다. 군대도 예외는 아니었다.

2020년 4월 전역한 나는 코로나19 시작 때 군대에 있었다. 2019년 12월 저녁 뉴스를 보면서 별 대수롭지 않게 여겼던 이 바이러스는 불과 한 달도 되지 않아 세계 전역으로 퍼져 나갔다.

결국 군대에서도 이에 대한 특단의 조치가 취해졌다.

처음에는 마스크가 지급됐고, 사회 지인들에게 안부 전화하기, 그 다음엔 노래방, 체력단련실(헬스장) 등의 시설들이 하나둘 통제되었다. 식사도 사회적 거리 두기를 준수했다.

하루 한 번씩 알코올 소독제로 손이 많이 닿는 부분을 닦았다. 이 시기에 당연히 병사들은 훈련도 취소될 줄 알았지만 그건 아니었다.

최후로 휴가 및 외출, 외박 통제가 걸렸다. 이미 나와 있던 사람들은 휴가 기간이 끝났을 때 복귀한 후 나름의 격리 시설에서 2주간 아무것도 하지 않은 채 격리되었다.

결정적인 군대의 특단 조치는 조기 전역이었다. 남은 휴가만큼 전역 전 미리 휴가를 나가 그대로 전역하는 제도였다. 말년 휴가를 나왔다 휴가가 끝나는 날이 곧 전역하는 날이 되는 것이었다. 이 제도는 병사들한테도 좋지만 군대에 코로나19가 확산되지 않게끔 만든 좋은 제도라는 생각이 든다. 이렇듯 군대는 그 어떤 곳보다 통제를 강화했다.

그러나 군인들이 군대에서 버틸 수 있는 제도, 즉 외출, 외박, 휴가 등을 하지 못하게 되니 다들 상태가 좋지 않았다. 병사뿐만 아니라 간부도 마찬가지였다. 간부들도 퇴근 후에 부대 근처에만 있어야 했기 때문이다.

모두 예민해질 수밖에 없는 상황. 나뿐만 아니라 우리 모두 코로나가 하루빨리 없어지면 좋겠다는 생각만 들었다. 때문에 뉴스를 더 잘 챙겨보게 되었다. 오늘은 몇 명이 감염되었는지, 몇 명이 격리조치가 해제되었는지, 또 어떤 기관에서 코로나가 많이 확산되었는지 유의해서 뉴스를 보곤 했다.

특히 사회적 거리 두기를 하지 않고 모이는 사람들을 보면 너무 화가 났다. 왜 이 시국에 굳이 사람들을 만나서 술을 마시고, 거리 두기를 하지 않는지 이해가 되지 않았다. 뉴스를 보면서 우리는 모두 한마음이 되어 그들을 탓했다. 그들 때문에 당시 나와 내 전우들이 휴가는커녕 외출도 하지 못하고 피해를 받는다고 생각했다.

사회인들은 언제든 친구를 만나고 싶으면 만나고, 가고 싶은 곳이 있으면 갈 수 있는데 군인은 코로나 확진자가 많이 나오면 애초에 나갈 수조차 없기 때문이다.

전역을 하고 보니 사회는 생각보다 달랐다. 물론 마스크를 쓰지만 군대만큼 철저히 지켜지지 않았으며 금요일 밤에는 역시나 술집에 사람들이 많았다. 마스크 하나만 빼면 코로나에 대해 그 누구도 경각심이 없는 듯했다.

군대에서는 맨날 뉴스를 보다 보니 오늘 확진자가 몇 명이었고 어제는 몇 명이었는지 다 알았다. 그런데 사회에 나와서 친구들과 이야기를 해 보니 정말 큰 사건들 말고는 다들 몰랐다. 가장 큰 이태원 발, 신천지 발 등등만 기억하고 있었고 다들 '코로나 걸리겠어?', '그렇게 많이 나왔다는데 내 주변에는 아무도 없던데?' 등의 반응이었다.

코로나 때문에 군대에서 그렇게 힘들게 지내온 시간이 무색할 정도로 다들 경각심이 없었다. 물론 사람마다 다르겠지만, 적어도 내 주변 친구들은 그랬다.

내가 본 사회의 모습도 그랬다. 다들 건물 안에 들어가면 마스크부터 벗었고, 오히려 끼고 있는 사람들은 어른들보다도 어린이들이었다.

그렇게 한 개월 한 개월 지나면서 나조차도 경각심이 점점 없어지고 있다는 게 느껴졌다. 전보다 뉴스를 더 보지 않게 되었고, 그렇게 무서웠던 코로나가 별 대수롭지 않게 느껴지지 않고 있다는 사실이 무서워졌다.

그럴 즈음 결국 일이 터졌다. 사회적 거리 두기는 2단계에서 2.5단계로 올랐으며, 헬스장은 문을 열지 않았고 모든 음식점과 술집들, 카페는 9시 이후에 영업을 하지 못했다. 정말 9시 이후엔 사회가 멈춘 듯 보였다.

차를 타고 강남역, 가로수길, 이태원을 갔지만 아무 곳도 영업을 하고 있지 않았다. 아주 가끔 사람이 보였다. 그들은 모인 것이 아닌, 그 동네 거주하는 사람들이 산책이나 편의점에 물건을 사러 나온 듯했다. 처음 계획보다 더 길어진 2.5단계는 모든 약속을 취소하게 만들었다. 사람들은 더 이상 모임을 갖지 않는 듯했다.

그런데 사람들은 더 이상 모임을 갖지 않는 것이 아닌, 새로운 장소에서 모임을 갖기 시작했다. 한강 고수부지에는 불꽃놀이 축제, 월드컵 등 특별한 행사 이후로 사람들이 가장 많이 몰려들었다. 돗자리를 펴고 밤새도록 술을 마셨고, 편의점 줄은 30분 이상 기다리고 들어가야 했다.

사회적 거리 두기 2.5 단계가 실질적으로 거리를 두도록 했지만 결국 사람들은 어떻게든 만나고 있었다. 그러자 며칠 후 결국 한강도 막혔다. 결국 사람들은 코로나19 여파로 '사회적 거리 두기'가 아닌 '사회적 거리 두기 도피'를 하는 듯했다.

많은 사람들이 이런 소수로 인해 더 큰 피해를 보고 있다. 자영업자들은 삶이 위태롭고, 대학생들은 아르바이트를 할 수 없어 학자금 대출을 못 갚으며, 유학생들은 한국에 돌아왔지만 다시 나가기가 쉽지 않다.

외출 전 마스크는 필수 품목이 되었고 더 이상 마스크를 쓰지 않던 시절이 생각나지 않고 있다. 모두가 웃으면서 좋은 날씨에 맑은 공기를 있는 힘껏 들여 마시고 웃으며 이야기하던 시절이 지금은 그 옛날이 되었다.

한 명 한 명이 모여서 사회가 되고, 그 사회는 함께 노력하며 만들어 나가는 것이다. 나 하나쯤은, 이라는 생각이 사회를 정말 병들게 하고 있다.

코로나19 초창기에는 어떻게든 마스크를 사려고 하고, 사람도 최대한 만나지 않으려고 노력했다. 그러나 시기가 길어질수록 점점 몸도 마음도 지쳐가고 경각심이 없어지고 있다.

다들 힘들지만 반드시 마스크를 착용하고, 사회적 거리 두기를 더욱 철저히 해야 한다. 이 바이러스는 누구에게 갈지 모른다. 내가 될 수도 있고, 당신의 사랑하는 사람이 될 수도 있고, 바로 오늘 당신 옆에 앉아 있는 사람이 될 수도 있기 때문이다.

나는 오늘 오후에 일어났다. 밤늦게까지 공부를 하고 새벽에 잤더니 평소보다도 더 늦게 일어났다. 나는 일어나면 돈을 아끼기 위해 집에서 밥을 먹고 운동하러 나간다.

헬스장은 다행히 열고 있다. 다만 모두 마스크를 착용해야 한다. 코를 조금만 빼놓아도 지적을 받는다.

조금이라도 운동을 해본 사람들이라면 마스크를 쓰고 운동하는 것이 얼마나 힘든 일인지 잘 알 것이다. 마스크 착용 후 운동은 땀을 흘렸을 때 훨씬 더 힘들다. 운동을 하는 동안 땀이 마스크를 적신다. 그렇게 되면 숨을 내뱉기만 할 수밖에 없는 상황이 온다. 그래도 헬스장에서 운동하는 사람들 모두 마스크 착용을 하고 있다.

운동을 하고 난 뒤에는 카페로 향한다. 늘 그렇듯 아이스 아메리카노를 시키고 착석한다. 음료가 나오길 기다리는 동안 노트북을 충전기에 연결하고 공부할 것을 켜놓을 때쯤 음료가 나온다. 마시면서 공부를 하다 보면 일하는 분이 와서 내게 말한다.

"손님 음료를 안 드실 때에는 마스크를 끝까지 올려 주세요."

지금은 당연한 일이지만, 한편으로는 정말 마스크를 쓰고 살아가는 게 이 시대에는 습관이 되어야 함을 다시 인지한다.

공부를 끝내고 밤늦게 집에 돌아와 피곤해서 그대로 침대에 눕다 보면 아직도 마스크를 끼고 있는 나를 본다. 나는 헛웃음을 지으며 그제야 마스크를 벗는다. 이제 하루의 끝이다. 내일 마스크를 끼면 하루가 시작되겠지.

사회적 거리 두기 2.5 단계가 실질적으로

거리를 두도록 했지만 결국 사람들은

어떻게든 만나고 있었다.

그러자 며칠 후 결국 한강 고수부지도 막혔다.

결국 사람들은 코로나19 여파로

'사회적 거리 두기'가 아닌

'사회적 거리 두기 도피'를 하는 듯했다.

탈출, 코로나 블루스

이희경

자연과 예술을 사랑하는 내향형 인간.
현재 9세, 7세, 5세 아이들을 키우며 '마흔앓이' 중

늦은 밤, 빨래를 접은 후 남편 서재 방문을 열었더니 남편은 한껏 들뜬 표정이었다. 남편은 날 보고 반색하며 자신이 새로 시작한 게임에 대해 설명하기 시작했다.

"포스트 아포칼립스물인데, 내가 멸망한 지구에서 살아남은 주인공 역할이거든. 딸을 데리고 먹을 것도 구해야 하는데, 내가 딸이 있으니까 너무 감정이입이 되는 거야."

"오, 재밌겠네. 근데 포스트 아포칼립스물이 뭐야?"

"인류 멸망 이후의 상황을 설정한 장르물이야."

인류 멸망에 대한 영화는 종종 봤어도 그걸 통칭하는 용어가 있었다는 걸 처음 알았다. 그런데 묘하게도 그 말을 들으니 지금의 상황이 겹쳐졌다.

반 년이 넘게 전 지구적으로 퍼지고 있는 코로나 바이러스는 내년이 되어도 나아질지 알 수가 없게 확산되고 있다.

거기다 여름내 두 달 넘게 지속된 장마, 이례적으로 연달아 몰려온 태풍까지. 한 기후 전문가는 기후 변화 양상이 걷잡을 수 없이 나빠지는 추세라 2030년이 되면 지금이 좋았다는 말을 할 거라고 했다.

사실, 이러다 인류가 곧 멸망하는 건 아닐까 싶을 때가 있다. 언제 끝날지 모르는 비일상적인 상황이 일상이 되어가고, 다시 코로나 이전의 삶으로 돌아가지 못할 것이라는 세간의 이야기는 무력감에 빠지게 한다.

오래전에 본 영화 <멜랑콜리아>가 떠올랐다. 지구종말을 암시하는 영화로 마지막 장면이 멜랑콜리아라는 행성이 지구와 충돌하는 모습이다. 아직도 기억에 남는 장면 중 하나는 주인공 저스틴(커스틴 던스트 분)의 언니 클레어(샤를로뜨 갱스부르 분)가 행성 충돌 직전 아들을 안고 들판을 달리는 모습이다.

7살 정도 된 그 아이는 안고 달리기에는 좀 커서 클레어는 아이를 몇 번씩 추슬러 안았고, 수없이 넘어졌다. 아직 결혼 전이었던 나는 그 영화를 보면서 '엄마'라는 역할의 무게를 생각했었다.

전 세계가 혼란에 빠진 것 같은 팬데믹 상황에도 우리 가족은 마치 외딴섬에 놀러라도 온 듯 평온하다. 남편은 매일 회사에 출근하고, 세 아이들은 오전에 온라인 수업을 듣고 오후에는 저들 나름대로 뭔가를 하며 즐겁게 지낸다. 이런 평안한 상태를 유지할 수 있는 것은 '엄마'인 나의 적잖은 노력 때문이다.

아이들은 종일 '엄마'를 부른다. 슬퍼도, 기뻐도, 아파도, 궁금해도, 할 말이 없어도 그냥 무조건 부른다.

엄마인 나로서는 쉽지 않은 생활이다. 나는 멍때리는 시간, 혼자 있는 시간이 부족하면 에너지가 고갈된다.

가끔 그 시간을 제대로 갖지 못하면 신경이 곤두선다.

'집콕' 생활의 거의 모든 시간을 아이 셋과 나는 거실에서 보낸다. 그런데 아무리 부모 자식간이어도 신생아 시절이 아닌 이상, 일정한 거리를 둔 채 홀로 있는 시간이 있어야 한다.

꼭 코로나가 아니어도, 적절한 '거리 두기'의 시간은 누구에게나 필요하다. 그런데 코로나 바이러스로 인해 모두 '집콕'을 할 수밖에 없는 때. 타인과의 '거리 두기'를 위해, 가족과는 '거리 두기'가 되지 않아 괴로운 상황이 될 수 있는 것이다. 나는 우리 집 '집콕 멤버' 모두에게 유익한 방법을 찾았다.

그중 하나는 매일 자연과의 만남이다. 아이들은 야외에서 맘껏 뛰어놀면서 에너지를 발산하고 나면 한결 차분해진다. 나 역시 신선한 공기를 마시면서 아이들이 노는 모습을 보다 보면 기분이 산뜻해진다.

코로나가 유행하기 1년 전, 현관문을 열고 나가면 바로 공원이 나오는 집으로 이사한 것은 행운이었다. 공원은 한적하기도 해서, 여름이 오기 전까지는 마스크도 할 필요 없이 넷이서 신나게 뛰어놀았다.

봄엔 매화나무 아래 돗자리를 깔고 딸기를 먹으며 놀았다. 진달래꽃을 따서 화전도 부치고, 쑥을 뜯어 쑥 떡도 만들었다. 처음 만든 거라 별맛도 없었는데 아이들은 즐거워하며 잘만 먹었다. 아카시아꽃, 제비꽃을 똑 따서 그 안에 들어있는 꿀을 쪽, 하고 빨아먹기도 했다.

매일 산책을 하다 보니 한 달이 멀다 하고 새로 피어나는 들꽃들을 보면 경탄이 절로 나왔다. 집에서 키우는 것처럼 누가 물을 주고 돌보는 것도 아닌데, 그냥 스스로 피고 지는 들꽃들이 정말 기특하고 예뻤다.

붉은토끼풀, 수레국화, 제비꽃 같은 들꽃으로 아이들과 꽃다발을 만들어 놀기도 했다. 그 꽃다발을 화병에 꽂아놓기도 했다. 매화나무, 산딸나무 꽃이 피고 진 자리에 열매가 자라나는 광경도 관찰할 수 있었다.

잠자리 종류가 한 가지가 아니라는 사실도 알게 됐는데, 우리는 무려 세 가지 종류의 잠자리를 구분할 수 있게 됐다. 또 메뚜기, 사마귀, 방아깨비의 생김새를 자세히 관찰하기도 했다. 이전에는 직접 본 일이 없는 곤충들이었다.

한 번은 무당벌레와 달팽이를 집에 데려와 키우겠다고 아이들이 야단을 피운 바람에, 테라스에서 하루 정도 그들과 동거를 하기도 했다.

나는 튤립 구근을 화분에 심어 꽃을 피워보기도 하고, 블루베리, 방울토마토 같은 것들을 키워 식탁에 올리기도 했다. 아이들과 함께하는 긴 시간의 집콕 생활이 아니었다면, 이렇게 여유 있는 마음으로 자연과 함께하지는 못했을 것이다.

그러나 지난 여름, 두 달 가까이 이어진 장마는 나를 지치게 했다. 밖에 나갈 수 없으니 종일 집에서 아이 셋과 복닥거리며 지낼 수밖에 없었다. 이럴 때일수록 엄마인 내 정신 건강을 잘 지키는 게 무엇보다 중요했다.

나는 집에서 40여 분 떨어져 있는 한 시골책방에서 글쓰기 수업을 듣기 시작했다. 일주일에 한 번, 글쓰기 수업을 듣는 동안 아이들을 남편에게 맡겨두고 나는 '엄마'가 아닌 온전한 '나'로 돌아갔다.

내가 쓴 글을 다른 사람 앞에서 읽었고, 글이 아니면 나누기 힘들었을 이야기들을 나누었다. 나의 내밀한 이야기를 글로 쓰고, 그걸 나눈다는 것은 새로운 나를 발견하게 했다. 또, 책방 주인인 글쓰기 선생님이 추천하는 책들을 읽었다.

기나긴 장마 기간, 아이들과 꼼짝없이 집에서 종일을 버텨야 했던 그 시간 동안 책을 만나지 못했으면 어땠을까?

나는 소설 속 주인공이 되어 시간 여행, 세계 여행을 떠났다. 필요나 의무에서 책을 읽던 지난 시절과는 달리 자유롭게 손 가는 대로 책을 선택하고 낯선 세계에 빠지는 경험을 하면서, 일상의 무력감을 이겨냈다. 책을 읽고 글을 쓰는 내 옆에서 아이들도 서로에게 책을 읽어 주고, 책 만들기 놀이를 하면서 놀았다.

영화 <멜랑콜리아>의 제목은 영화에서 지구와 부딪치는 행성 이름이기도 하지만, 글자 그대로 우울증을 의미하기도 한다. 주인공 저스틴은 멜랑콜리아 행성이 지구로 다가오면서 극심한 우울증을 겪는다. 뭐라도 손쓸 수 있는 것 하나 없이 그냥 죽음을 맞이해야 하는 상황이 어찌 우울감을 불러오지 않을 수 있을까. 코로나도 지구 파멸보다는 덜하지만 코로나 블루라는 용어가 생길 정도로 우울증을 불러일으키고 있다.

자연과 함께하기, 책 읽고 글쓰기는 코로나에서 나를 지켜내게 하는 큰힘이 되고 있다. 만일 지금과 같은 상황이 아니었다면, 이것들은 지금처럼 절실하게 느껴지지 않았을지도 모른다. 그러나 이것들은 지금의 나로 하여금 코로나 블루를 견뎌내며 오늘을 살아가게 하는 힘이 되고 있다. 그리고 코로나 상황이 안정된 이후에도 나를 지탱할 수 있는 힘이 되어줄 것이다.

머리 질끈 동여매고

임후남

용인 원삼면에서 시골책방 생각을담는집을 운영하고 있다.
시골에서 책방을 하면서 사는 지금을 가장 좋아한다.
할머니가 되어서도 신간을 읽고 싶은 꿈을 꾸며 산다.

"아주 짧게 해주세요."

미장원에 갈 때마다 내가 했던 말이다. 나는 오래도록 짧은 커트 머리였다. 그 이전에는 단발머리였다. 퍼머를 한 것은 20대 초반에 한 번, 30대 후반에 한 번뿐이었다. 30대 후반에 퍼머를 하고 그대로 머리를 길렀다. 어쩌다 보니 그렇게 됐다. 긴 머리를 한 번도 해본 적이 없었던 나로서는 그때의 사진을 보면 지금도 생소하다.

지금 나는 머리를 질끈 동여맸다. 미장원에 간 것이

꽤 오래됐다. 코로나19 이후, 나는 미장원을 딱 한 번 갔다. 커트 머리가 길어져 더이상 견딜 수 없을 때 달려갔다. 이렇게 질끈 묶고 얼마를 지낼 수 있을지 잘 모르겠다. 이런 상태로 잠시 더 있어 볼 생각이다.

옷도 한 번 사러 가지 않았다. 있는 옷도 많다. 시골에 살면서 옷 욕심은 더욱 없어졌다. 차리고 나갈 일이 없기 때문이다. 한두 벌로 한 계절을 난다.

생필품은 대형마트에 가서 남편이 사 온다. 책방을 하고 있다는 핑계로 나는 통 나가지 않는다. 봄여름 계절 내내 냉장고와 텃밭을 들락거리며 음식을 만들어 먹었다.

이렇게 하고도 살 수 있구나, 싶다. 매일 장을 보던 시절도 있었고, 철마다 옷을 사던 시절도 있었다. 코로나가 나를 바꾸기 전 나는 도시를 떠나 시골로 들어와 살면서 이미 한 번 변했다. 코로나 이후 생활은 더욱 단순해졌다.

나는 시골에서 책방을 한다. 만 2년 됐다. 시골에 책방을 차린 이유는 시골에 살면서 책방을 하고 싶었기 때문이다. 책방을 하기 위해 자리를 찾아다녔고, 지금의 집을 구입했다. 집이 조금 커서 걱정이었지만, 소나무 숲과 오래된 나무들이 그런 염려를 사라지게 했다.

시골에 차린 책방, 누가 올까 싶었지만 한두 사람 찾아왔다. 작가 강연, 북토크, 클래식 콘서트, 요리 교실 등등 다양한 일들도 진행했다.

그러나 코로나19는 그 어떤 것도 '그대로 멈춤'이었다. 잠시 확산세가 꺾이면서 사람들이 찾아왔다. 특히 『시골책방입니다』라는 에세이집을 내고, 그것이 방송 등에 소개되면서 주말에는 사람들이 조금 더 찾아왔다. 그러나 8월 15일 광화문집회를 기점으로 사회적 거리 두기가 2.5단계로 격상되면서 다시 책방은 주말에도 사람 하나 찾아오지 않았다.

아들이 말했다.

"그래도 우리 집은 원래 사람이 없던 곳이잖아요. 장사 잘되던 곳들은 오죽하겠어요. 나가면 분위기도 이상해요."

원래 사람이 없던 곳이니 그러려니 하고 지낸다. 그

러나 때때로 견딜 수 없는 시간이 오기도 한다.

다행인지 불행인지, 사회적 거리 두기 2.5단계 동안 대대적인 집수리 공사가 있었다. 지난여름 긴 장마와 폭우로 집 벽이 무너지는 등 피해가 컸기 때문이다. 그러느라 우울할 틈이 없었다.

사람이 오지 않는 책방에서도 나는 한가하지 않았다. 코로나19가 당장 끝나지 않더라도 우리는 계속 살아갈 것이고, 지금도 살아가기 때문이다. 코로나19 이전, 새벽에 일어나 스포츠센터로 갔던 나는 조금 늦게 일어나 아침 일찍 책방 문을 연다.

출판사도 겸하고 있으므로 주문 도서를 체크하고, 책방용 책을 주문한다. 그리고 이런저런 행사 일정등을 연기하고, 그에 따라 연락을 취하고, 취소한 사람에게는 환불처리를 한다(사실 이런 일들은 너무 힘들었다!).

그러면서 새로운 행사도 기획한다. 언제까지나 코로나19로 멈춰 있을 것은 아니었기 때문에. 가급적 모든 행사는 야외 마당에서 주로 하고, 인원도 소수로 진행한다.

그리고 짬짬이 책을 읽는다. 살아있는 생활이지만 번잡하기보다는 단순하다.

책방을 하면서 가장 좋은 점은 역시 보고 싶은 책을 맘껏 본다는 것이다. 맘껏이라니, 꽤나 배부르게 읽을 것 같지만 그렇지는 않다. 한 달에 너덧 권 읽었던 책을 코로나 이후에는 한 달 평균 10여 권을 읽었다. 8월 한 달 동안은 18권의 책을 읽었다. 가벼운 책도 있고, 더러 무거운 책도 있었지만 책방을 하지 않았다면 이렇게 읽기 쉽지 않았을 것이다. 책을 읽어서, 책방을 할 수 있어서 얼마나 다행인지 모른다.

코로나 덕분에 가장 좋았던 것은 야외 콘서트를 진행한 것이다. 야외 콘서트를 몇 번 진행하려다 형편상 진행하지 못했는데, 코로나 덕분에 실행하기로 했다. 실내보다 실외가 안전하므로.

첫 야외 콘서트를 하던 날은 종일 비가 오락가락했다. 어떡하나 싶었는데 연주가 시작할 즈음에는 비가 그쳤다. 두 테너가 노래를 부르는데, 나무 위에서는 새가 지저귀고, 옆 개울에서는 물소리가 났다. 그러다 비가 왔다. 사람들은 우산을 쓰고 노래를 들었다.

어쩌다 보니 그 다음날에도 콘서트가 있었는데 그날
은 3층 발코니에서 연주를 했다. 들깨밭을 사이에 두고
객석과 무대가 만들어졌다. 뒤에는 소나무숲. 해가 지
고 있었고 첼리스트와 피아니스트가 연주하고 바리톤,
소프라노가 노래했다.

새들이 날아다녔다. 나뭇잎이 나부꼈다. 바람이 지나
갔다. 몸에 전율이 일었다. 눈물이 핑 돌았다. 마스크를
끼고 가족끼리 혹은 연인이 앉아서 음악을 들었다.

어쩌다 코로나19로 영화 속 풍경처럼 살고 있지만,
매일 하루하루를 살아낸다. 오늘 하루를 살아내는 일
이 내일을 살아내게 하고, 그 내일이 일생을 살아가게
될 것이기 때문이다.

오늘도 나는 머리를 질끈 동여매고 배추 자란 모습
도 보고, 소나무 숲에 이는 바람 소리도 듣고, 어떤 책
을 읽을까 신간들을 뒤적인다. 시골책방에서.

이게 다 코로나 때문이야!

주미희

Nadia, Punkgirl 이란 다른 이름을 가지고 있다.
배철수의 음악캠프를 사랑하는 사람. 다른 이들의 이야기를
가만히 들어주고 싶은 사람.
의식의 흐름대로 살고, 좋아하는 것들을 찾아내 마음껏 하며 살고 싶은 사람.

남편이 출근한다. 딸과 나는 배웅을 한다. 딸 아이는 바로 아침 식사를 하고 컴퓨터를 켠다. 거실 소파에 앉아 커피라도 한 잔 마시고 싶지만, 다시 씽크대 앞에 선다. 곧 있으면 아이가 간식을 찾을 테니 과일을 씻고 그릇들을 정리해두어야 한다.

　코로나로 변화된, 참 적응이 안 되는 일상이다. 남편은 그대로인데, 나와 아이의 생활 패턴만 변했다. 지금 아니면 언제 아이와 이렇게 긴 시간을 함께하겠어, 라고 좋게 생각하려 하지만 늘 몇 시간 못 간다.

11살 딸, 그래도 조금은 컸다고 스스로 책상에 앉는 모습이 대견하다. 아이는 시간표에 맞추어 교과서를 꺼낸다. 컴퓨터를 켜고 위두랑(학습사이트)에 접속을 한다.

1교시는 국어 수업. 오늘도 동영상 수업. 화면에는 마스크를 쓴 선생님의 얼굴. 4학년 담임 선생님은 마스크와 동그란 눈, 귀여운 목소리만 기억에 남을 것 같다.

수업을 마칠 때마다 아이들은 각자의 방법으로 이모티콘을 남기거나 댓글을 단다. 그러다 보니 비록 독수리 타법이지만 아이도 나름 타자가 늘었다. 손가락으로 요리조리 키보드를 찾아 누르는 모습을 보다 보면 대견하기도 하고 안쓰럽기도 하다. 그런데 아이를 지켜보다 그만 한마디를 하고 만다.

"피아노 치는 것처럼 양손으로!"

아이가 일그러진 얼굴로 뒤돌아본다. 나는 아무렇지 않은 척, 방을 나가며 혼자 중얼거린다.

"잔소리가 느는 건 다 코로나 때문이야!"

뉴스에서는 공교육의 온라인 학습이 아이들의 학습 격차를 심화시킨다고 자주 보도한다. 아이와 나도 4학년이 되니 학습 내용이 어려워지고 양도 늘어 '진짜 학습의 시작'이란 말을 느끼고 있다.

그래서일까? 그런 뉴스가 나온 날은 풀고 있던 문제집들을 다시 살펴본다. 어릴 때 엄마는 문제집 채점을 하며 나를 곧 잡아먹을 듯이 쳐다보았다. 난 그 눈빛이 너무 무서웠다.

그런데 어느 날, 나에게서 그 눈빛이 나오는 것을 느꼈다. 이제야 엄마의 마음이 이해가 되다니! 하지만 그 눈빛만큼은 내 아이에게 보여줄 수는 없어, 나는 눈을 질끈 감는다. 대신 목소리가 점점 커진다.

"학원을 가든지 과외를 하든지 하자! 이 시국에도 할 건 해야지!"

아이는 코로나 때문에 싫다고 한다. 코로나 때문에 학교도 안 가는데 학원이며 과외라니. 그리고 몰라도, 틀려도 괜찮다고 말한다.

"그래, 코로나는 코로나고! 근데, 기초적인 건 알아

야지! 기초를 몰라서, 틀려도 괜찮다고 말하는 건 좀 심하지 않니? 이건 아니잖아."

결국 아이가 참고 참았던 울음을 터뜨렸다. 금세 아이의 눈이 퉁퉁 부어 오른다. 이렇게 하려고 한 건 아닌데.

"이젠 나도 몰라, 니가 알아서 해!"

화를 식힌다며 거실 소파에 앉아 혼자 중얼거린다.

"이게 다 코로나 때문이야. 너와 나 사이의 거리 두기가 정말 절실하다, 절실해! 코로나만 아니면 학원 알아보고 보내 버릴 텐데."

갑갑한 마음을 달래려 동네 친구에게 카톡을 날린다. 한동네 살아도 얼굴을 못 본 지 한 달이나 됐다. 그녀의 남편은 최근 회사를 퇴사하고 사업을 시작했는데 코로나로 바로 재택근무로 하고 있는 중이다. 큰아이는 2학년, 작은 아이는 유치원생. 종일 집에서 네 식구가 지지고 볶는다며 하소연이다.

내가 그녀를 만난 것은 동네 친환경 식품점 동아리.

동갑, 취향, 아이의 연령대가 비슷하다 보니 서로 터놓고 지내고 있다. 우리의 이런저런 대화에는 가장 중요한 먹는 이야기가 빠지지 않는다.

'도대체, 삼시 세끼 뭐해 먹고 사니?'

'간편식, 일품식. 배만 채우면 오케이. 라면, 인스턴트. 우리 가족은 방부제 가족이야!'

'진짜? 방부제 가족? 아마 다들 그렇게 안 된 가족들이 있을까? 장 보러 안 가?'

'응, 아얘 바깥을 안 나가. 그래서 이곳저곳 다 시켜 본 결과, 0000는 야채, 생선, 고기. 0000는 밀키트(meal-kit)로 결론 냈어. 너도 이용해 봐. 삶의 질이 확 달라진다.'

'그래? 나도 한 번 누려보자. 얼마나 삶이 달라지는지를.'

'그런데 처음에는 포장재 쌓이는 것에 놀라고, 인스턴트 너무 과하니까 그만 먹어야지 하고 끊었어. 그러다가 재료 사다가 해 먹이려니 몸이 힘들고 지쳐. 이젠 갈수록 아무 생각이 없어져. 그냥 앱 누르고 상품 주문이야.'

우리는 지금 코로나 때문에 새벽 배송이라는 서비스에 열광하고 있다. 밤 11시 안으로 주문을 넣으면 다음 날 아침 7시 안으로 도착하는 편리함.

하지만 여름철의 택배 냉동식품이나 신선 제품들은 과할 정도로 포장이 되어 온다. 때때로 재활용으로 분류하기 어려운 포장들도 많이 나온다. 이게 결국 다 쓰레기다.

친환경 식품점에서 교육을 받고 활동도 하다 보니 아이에게 모범을 보이겠다며 분리수거는 이런 거야, 하며 죄다 씻고 자르고 분해해서 버렸다. 때때로 아이와 함께하지만 얼마 못 가 금세 지친다. 결국, 엄마가 할게, 나중에 하자, 하고 일반 쓰레기봉투에 모조리 버리거나, 대충 분리수거 통에 넣어버린다.

특히 식사 시간에 맞춰 배달음식을 시키거나 하면 일단 배를 채우고 빨리 식사 시간을 끝내버리고 싶다는 마음이 앞선다. 쓰레기들에 대한 죄책감은 나중이고, 빨리 끝내야 마음이 평화로워진다. 삼시 세끼를 매번 집에서 해결해야 하다 보니 지칠 수밖에 없다. 엄마들을 이리 만든 건 다 코로나 때문이다.

안 좋은 일이 있을 때마다 나는 코로나 때문이라고 외치고 있는 것 같다. 그러나 사실 코로나 때문에 나쁜 일이 있는 것만은 아니다. 코로나 때문에 아이와 산책하는 시간을 갖게 된 것은 코로나가 준 선물 중 하나다.

코로나 때문에 외출이 쉽지 않아진 후 나는 아이와 산책을 하기 시작했다. 시간은 주로 아침 일찍, 혹은 이른 저녁이다. 햇볕을 피하기 위한 것도 있지만, 코로나로 사람들을 피하기 위한 것도 있다.

그러나 사회적 거리 두기 2.5 단계 발령 동안에는 그 산책마저 하지 않았다. 집에 콕 박혀 지내다 거리 두기가 2단계로 떨어졌을 때 우리는 3주 만에 산책을 나갔다. 아이는 너무 좋아했다. 웃고 떠들고. 물론 마스크를 착용한 채.

"있잖아, 엄마! 나 이제 학교 가고 싶어졌어."

며칠 전 아침 산책길에서 아이가 갑자기 말했다. 생

각하지도 못했던 아이의 말에 나는 걸음을 멈추었다. 무릎을 굽혀 아이와 눈을 바라봤다.

"우리 반 친구들 마스크 안 한 얼굴이 다 궁금해. 친구들하고 잘 지낼 준비도 되었어. 단짝 친구도 만들 거야. 엄마, 도대체 코로나는 언제 끝난대?"

나는 하마터면 그 자리에서 눈물을 쏟을 뻔했다.

하굣길 아이 눈가에 남아 있던 눈물 자국, 선생님들의 염려, 친구 엄마로부터 걸려온 전화에 오열했던 순간, 2년 넘도록 다녔던 심리 치료…… 기억들이 빠르게 스쳐 지나갔다.

나는 아이를 꼭 껴안았다. 아이를 머리 끝부터 발끝까지 찬찬히 훑어봤다. 그러고 보니 지난 봄, 새로 사 입혔던 바지가 어느새 복숭아뼈까지 올라왔다. 헐렁했던 티셔츠도 허리춤까지 올라와 있었다. 단 몇 달 사이인데 아이는 훌쩍 자란 것이다.

코로나 바이러스라는 막연한 걱정으로 나의 모든 감각들이 막혀 있던 것일까. 그래서 아이의 몸과 마음이 자라나는 것을 미처 보지 못했나. 그냥 엄마로서 먹이고 보호해야 한다는 생각만 강했구나. 순간 아이 앞에서 부끄러워졌다.

사회적 거리 두기 2.5 단계를 지나고 2단계인 지금, 코로나는 더욱 일상을 파고들었다. 그래도 처음보다 지금은 하루 세끼를 조용히, 마음을 다해 차려준다. 아이가 독수리 타법으로 타자를 쳐도, 짜임새 있는 공부를 하지 못해도, 잠시만 잊기로 했다.

학교에 가고 싶다, 친구들이 보고 싶다는 아이의 말이 나를 일으켜 세웠다. 힘이 빠지면 어떠하리. 눈을 번쩍 뜨게 해주는 내 아이가 있는데. 가끔 헤매다가도 이렇게 확 잡아주는 내 아이가 있는데 말이다.

아이가 얼마나 클 수 있을까? 나보다 10cm? 15cm?

아이의 손을 잡아본다. 손도 내 손 만큼이나 커졌다. 코로나 때문에, 코로나 덕분에 마스크를 벗고 신나게 웃는 내 아이의 모습을 기대한다. 학교에서 신나게 뛰어올 내 아이의 모습을 기대한다. 이제 코로나만 물러가면 된다.

"엄마! 학교 가고 싶어."

나는 하마터면 눈물을 쏟을 뻔했다.

선생님의 염려, 2년 넘도록 다녔던 심리 치료.

코로나 바이러스 때문에 아이와 종일 부대끼면서

그동안 아이가 성장했다는 사실을 잊은 것이다.

날씨 맑음 2020년 6월 26일,

홍소희

두 아이와 함께 여행하며 읽고 쓰며 겪는 성장통을 즐기는 40대 사람.

읽고 쓰고 말하는 언어 속에 진심을 담기 위해 순간을 고민하는 아줌마 사람.

아름다운 삶에 대한 열망으로 삶을 한껏 치장하고 멋을 내고 싶은 여자 사람.

나는 계약제 교원이다. 흔히들 기간제 교사라 한다. 이제 8월이면 계약 기간이 끝난다. 그러나 올해는 아이들과 마주한 날이 손에 꼽을 정도였다. 대부분의 수업이 원격 수업으로 진행됐기 때문이다.

내가 가르치는 과목은 문학. 3월 신학기 때부터 6월 첫주까지는 모두 원격 수업. 6월 둘째주부터는 원격 수업 1주일, 대면 수업 1주일 이렇게 아이들을 만났다.

원격 수업은 쌍방향 수업이다. 컴퓨터를 켜놓고 매시간 출석체크를 했고, 쉬는 시간에 잠이라도 들었다가 못 깨어나는 아이들에게는 전화를 했다.

"문학 수업 시작되었어. 얼른 로그인하고 수업방 들어와."

나는 PPT를 띄우고, 학습지를 점검하며 수업을 시작했다. 수업을 할 때마다 주어진 작품에 빠져드는 나는 비대면으로 혼자 수업을 하다 보니 점점 가속도가 붙었다.

그러다 얼핏 이 아이들이 공감은 하고 있는지, 아니 이해라도 하고 있는지 궁금했다. 채팅창에 질문을 올렸다. 답이 없는 아이들에게 교실에서처럼 목에 핏대를 세우고 마이크를 입에 가까이 대고 말했다.

"얘들아, 듣고 있니?"

조용하다.

"얘들아, 듣고 있니? 2학년 3반!!"

언제나처럼 그 정적과 긴장의 시간이 못내 불편한 아이가 대답한다.

"네에에에에."

그 짧고 무료한 대답에 담긴 내용을 알 수가 없다. 하

지만 그 내용이 어떠하든 나는 안도하고, 수업을 이어
나간다.

　오늘은 일주일간의 원격 수업을 끝내고 아이들을 만
나는 날이다. 오늘 수업은 <동동>이다. 대학 때부터 유
독 좋아하던 고려가요다.
　'팔월 보름은/아아 가윗날(한가위)이지만/임을 모시
고 다니거든/오늘이 가위로구나'.
　<동동>을 읽고 있으면 어쩐지 위로가 되었다. 고려
시대는 안팎으로 전쟁이 끊이지 않았던 내우외환의 시
대였다. 모든 남자들은 전쟁터와 일터로 나갔을 것이
다. 그리고 그들을 기다리는 여인들은 임이 부재하는
일 년 열두 달을 노래했다.
　달마다 맞는 명절에 그들의 안위를 기원하기도 했고
그리움과 원망을 담기도 했다. <동동>을 반복해서 읽
다 보면 '듣는 이에게도 위로가 되겠지만 부르는 사람
이 받는 위로도 매우 컸겠다'는 생각이 늘 들었다.
　그런데 수업시간에 <동동>을 읽으며 생각지도 않았

던 나의 고3 시절이 떠올랐다.

IMF가 닥친 그해, 우리의 진로는 불과 1년 사이에 큰 변화를 겪고 있었다. 신문방송학과에 진학할 거라고 했던 친구는 갑자기 교대를 지원한다고 했다. 지구과학을 전공하려고 했던 친구는 처음 들어보는 무슨 공학과를 지원했다.

'적성을 살려서 대학 전공을 선택해야 한다'는 변하지 않아야 할 가치 체계가 선택적 항목이 되고 있었다. 당시 교실을 떠올려 보면 늘 꿈꿔 왔던 '스무 살의 낭만'이라는 것이 그 존재 가치를 잃어가고 있었다. 무어라 설명할 수 없는 복잡한 공기가 우리를 채우기 시작했다.

수업 시간에 왜 이 생각이 났을까. 그것도 <동동>을 읽다가 왜 그날이 불현듯 떠올랐을까. 아마도 나는 교실에서 만난 이 아이들이 안쓰러웠던 것 같다.

나의 시간 중 가장 돌아가고 싶은 시간은 고등학교 시절이다. 시험의 압박이 있었지만 함께하는 친구들로 인해 버틸 만했다. 대학 입시가 끝난 후의 그 쾌감은 점수가 주는 회한과 절망을 덮을 만큼 즐거운 순간이기도 했다.

그리고 시험과 공부, 모든 걸 뒤로한 채 오직 나를 고민해 보기도 했다. 고등학생이라는 짧은 시간 동안 성인이 되어 겪어야 할 여러 감정과 복잡한 상황들의 샘플을 맛보는 것 같았다.

이 아이들도 그랬다. 1학년 학기를 마칠 때만 해도 아이들은 책상을 모아 큰 테이블을 만들어 과자를 잔뜩 쌓아놓고 음료수를 나눠 먹었다. 인증 사진을 찍고 내년을 계획했다. 그리고 어떤 아이는 훗날 노벨 문학상을 받게 된다면 오늘 이 시간을 연설문에 넣을 거라는 호기를 부리기도 했다.

나에게 닥친 IMF라는 변수, 나는 결국 내가 가고 싶었던 국문학과나 철학과는 말도 꺼내지 못하고 졸업 후 취업이 비교적 수월하다는 의료경영학과에 진학했다.

수능을 치른 후, 나와 친구들은 지겹도록 울었다. 시대의 변화를 거스를 수 없기에 그냥 겪어냈다. 그리고 지금, 내 눈앞에는 '코로나 팬데믹'이라는 혼란기를 살아내고 있는 아이들이 있다.

아이들이 마스크를 쓰고 일렬로 교실에 앉아 칠판을 향해 있다. 나를 바라보고 있다. 교사와 학생, 그리고 그들 사이의 역동적이고 자발적인 교감이 있을 것 같았던 미래의 교실이 아니다. 1997년의 교실과 2020년의 교실이 별반 다르지 않다. 코로나19로 인한 '거리 두기'는 '우리 사이'를 앗아갔다.

작년 12월 '우한 폐렴'이라는 단어가 뉴스에 등장했다. 그 기사를 흘려 읽으며 말라리아나 뎅기열처럼 중국 '우한'이라는 지역에서 유행하는 풍토병 정도로 인식했었다.

뉴스를 통해 그 심각성이 보도되었으나 피부에 와닿지 않는 이상 내 일이 아니었다. 하지만 어느 틈에 국경을 넘더니 우리 지역 사회를 타고 나의 일상을 침범하고 있었다.

그리고 눈앞의 지금 이 교실 모습은 마치 내가 그때 겪었던 1998년 교실의 모습과 참 닮아 있다. 내가 가한 힘이 아닌, 외부로부터 가해진 힘에 의해 변하는 일상, 그리고 그 변화를 거스를 수 없는 억울하고 답답한 상황. 그 상황에 처한 아이들에게 그들만의 <동동>을 불러주고 싶었다. 이들이 버텨냈고 버텨낼 남은 시간을 위로하고 싶었다.

3월 신학기가 연기됐을 때도 아이들은 잘 버텼다. 물론 소파와 하나가 되어 빈둥빈둥 누워 있던 날도 있었을 것이다. 넷플릭스를 실컷 보고, 유튜브 구독 채널도 늘어났을 것이다. 어떤 날은 게임만 실컷 했을 것이다. 그러다 얼핏 스치는 불안감에 책도 꺼내 들었을 것이다.

4월에는 온라인 수업이 결정되고 아이들은 교과서를 들고 컴퓨터와 핸드폰 앞에 앉았다. 편안함을 제공해야 하는 집이 교실로 변했다.

6월에는 격주 등교가 시작되었다. 아침마다 자가진단을 하고, 열이라도 나고 기침이라도 하면 등교를 위해 코로나 검사를 해야 했다. 한 달 사이에 2번이나 코로나 검사를 한 아이는 3번째 열이 날 때는 아픈 것보다 검사가 무섭다고 호소했다.

이런 수고를 기꺼이 해내고 있는 이들에게 1교시 로그인이 늦었다고, 중간에 잠이 들었다고, 대답이 성의가 없다고, 딱딱한 잣대로 나무랄 수가 없다.

나는 1997년 그때의 변화를 견뎌낸 항체로 2, 30대의 요동치는 변화에 힘 조절을 할 수 있었다. 2020년, 코로나 팬데믹을 보내고 있는 아이들도 앞으로 펼쳐질 젊은 날의 요동을 견고하게 버틸 힘이 분명 생기고 있을 것이다.

위드, 코로나
우리들의 코로나 시대 건너기

초판 1쇄 2020년 11월 12일

지은이 강인성 외

펴낸곳 생각을담는집
펴낸이 임후남
디자인 nice age
제작처 올인피앤비

주소 (17167) 경기도 용인시 처인구 원삼면 사암로 59-11
대표전화 070-8274-8587 팩스 031-321-8587
이메일 seangak@naver.com
블로그 https://blog.naver.com/seangak

ISBN 978-89-94981-80-2 03810

• 이 책의 판권은 저작권자와 생각을담는집에 있습니다.
• 이 책의 내용의 일부 또는 일부를 재사용하려면 양측의 서면 동의를 받아야 합니다.

생각을담는집은 다양한 생각을 담습니다. 출판 문의는 생각을담는집 블로그 및 이메일을 통해 가능합니다.